de la résistance tragique de Roland, baron de Charlemagne, contre les Sarrasins d'Espagne : ces aventures – la geste[1] de Roland, disait-on – étaient le souvenir glorieux d'un passé déjà mythique où rien ne semblait pouvoir résister à la puissance du roi des Francs. Tous les chevaliers présents au festin écoutaient d'un air grave ces chants qu'ils connaissaient par cœur et déclamaient souvent à pleine voix avant de livrer bataille, pour oublier que leurs genoux tremblaient. Sans transition, rappelant l'assemblée aux plaisirs de la fête, les poètes racontaient de petites histoires de voleurs de poules, de maris cocus et de curés amoureux : les fabliaux*. Ils revenaient ensuite à de plus nobles récits qui, comme les chansons de geste, célébraient les « merveilles » du carnage chevaleresque, mais les héros étaient ici d'un genre nouveau : surgis des brumes magiques de la Cornouailles[2], dans cette grande île que l'on nommait alors la Bretagne*, ils s'appelaient Perceval, Yvain, Merlin ou Arthur. Leurs aventures étaient étranges, leurs pouvoirs surnaturels, et ils n'affrontaient des monstres et des géants que pour mériter l'estime d'une dame qui les avait perdus d'amour. On désignait par le mot *romans* les histoires de ces héros courtois, parce qu'elles étaient écrites et chantées dans ce vieux français – « le roman » – que tout le monde parlait alors et que Pierre, aussi instruit qu'il fût, préférait au latin savant de l'*Ysengrimus*.

Mais ce qu'il goûtait plus que tout dans cette littérature de banquets, c'était le spectacle que livraient ses interprètes : pour faire mieux voir ce qu'ils avaient parfois eux-mêmes composé et pour encourager les riches seigneurs à délier leur bourse, jongleurs et trouvères savaient se faire musiciens, mimes ou danseurs et, quand ils sentaient leur auditoire captivé, ils faisaient

1. *La geste* : l'ensemble des exploits d'un héros, rapporté par des récits.
2. *Cornouailles* : région du sud-ouest de l'Angleterre.

durer le plaisir du rire ou de l'effroi en improvisant un rebondissement spectaculaire.

Aliénor

Un jour, Pierre fut ému aux larmes par le récit des amours de Tristan et Iseult : la reine de Cornouailles arrivait trop tard au chevet du chevalier pour porter le remède à ses blessures empoisonnées, et mourait de désespoir sur le corps de son amant défunt. Le jeune trouvère breton qui chantait cette histoire au son d'une harpe appartenait à la suite de la plus auguste dame du royaume, la reine Aliénor. Élevée dans les douceurs méridionales du duché d'Aquitaine, elle était devenue l'arbitre des élégances parmi la rude noblesse de Flandre, de Champagne et d'Île-de-France qui réapprenait à lire et découvrait les charmes de la musique et de l'amour courtois*. Le roi, qui était resté un homme du Nord, s'était inquiété de la conduite trop sensuelle d'une épouse que, devant son confesseur, il appelait « la louve » ; Aliénor, quant à elle, riait avec ses ménestrels [1] d'un époux qu'elle appelait « le moine ». Le roi avait finit par la répudier [2], mais elle s'était aussitôt remariée avec le puissant Henri Plantagenêt [3], duc d'Anjou, bientôt roi d'Angleterre et duc de Normandie.

C'est à cette époque qu'Aliénor prit l'habitude d'honorer régulièrement les invitations du comte Thibaud. Elle partageait

1. *Ménestrels* : chanteurs ambulants.
2. *Répudier* : dans certaines civilisations, renvoyer sa femme en rompant le mariage par décision du mari.
3. *Plantagenêt* : lignée royale qui descend de l'union du comte d'Anjou Geoffroi V et de Mathilde d'Angleterre, petite-fille de Guillaume le Conquérant. Les Plantagenêts succèdent aux Normands et contrôlent en 1182, avec Henri II, une moitié de la France et l'Angleterre. Leurs revendications sur l'ensemble de la France mènent à la guerre de Cent Ans, qui les oppose aux Valois à partir de 1337.

avec lui l'amour des tapisseries, des chansons et de la chasse. Partageaient-ils autre chose ? À en croire les mauvaises langues de la cour*, le jeune trouvère breton que Pierre avait entendu n'avait pas inventé de toutes pièces les amours adultères de la reine Iseult et du chevalier Tristan.

L'ancien époux d'Aliénor, le roi de France, regarda d'un mauvais œil cette relation galante : le danger n'était plus conjugal, mais politique. Henri d'Angleterre, Aliénor et Thibaud lui avaient tous trois juré fidélité : ils étaient ses vassaux*. Mais quelle force avaient les serments féodaux [1] sur Henri et Aliénor, plus riches et plus puissants que leur suzerain* ? Thibaud, lui, n'avait pas la puissance des Plantagenêts, mais il avait gardé l'arrogance des barons rebelles qui, depuis la mort de Charlemagne, oubliaient la fidélité qu'ils devaient à leur roi. Sur ses terres, qui jouxtaient le domaine royal, il ne se contentait pas de recevoir les visites – les complots ? – d'une reine étrangère, mais il frappait monnaie et réglait ses comptes l'arme au poing avec ses voisins, en dépit de la paix que Louis avait fait jurer à tous ses vassaux. En outre, son tribunal rendait des sentences injustes, donnant toujours raison au plus offrant, et le seigneur trouvait sans cesse des prétextes pour s'attaquer aux riches paysans et saccager les églises.

Pierre s'aperçut assez tôt que son maître, qui avait su montrer au roi qu'il avait le bras vaillant et à la reine qu'il avait le cœur courtois, n'avait pourtant pas toutes les vertus d'un chevalier de roman. Mais de lui, l'enfant apprenait tout, le bien comme le mal : il délaissa bientôt la lecture de l'*Ysengrimus* et suivit le brigand dans ses expéditions nocturnes, mettant à profit ses talents de chasseur pour rompre les haies, voler des raisins et égorger des

---

1. *Serments féodaux* : serments des vassaux qui jurent allégeance au suzerain. Ils pouvaient ainsi occuper un fief* et étaient protégés en retour par l'armée du suzerain.

poules. Les filouteries du maraudeur exaspéraient presque autant que les violents pillages de son maître, et les plaintes furent bientôt assez nombreuses et véhémentes pour remonter jusqu'au roi. Celui-ci entendait s'interposer en juge entre ses barons insoumis et ses sujets, et profitait des grandes fêtes religieuses où sa cour était convoquée au complet pour instruire de véritables procès.

La vengeance de Thibaud

Un jour de Pâques, Thibaud ne se rendit pas à la cour. Imprudemment, il venait de rançonner un convoi de marchands flamands que le roi avait pris sous sa protection personnelle. Il savait ce qui l'attendait : dans la grande salle du palais, Louis prendrait la pose d'un Christ justicier et, au motif de défendre les petits contre les grands, le dépouillerait d'une partie de ses fiefs* pour agrandir son propre domaine. Trahissant ses obligations vassaliques*, le baron félon ne fit que précipiter sa chute : le roi envoya un émissaire pour l'obliger à se présenter devant son tribunal, mais Thibaud nargua le messager du haut de son donjon : il fut dès lors condamné à perdre tous ses fiefs. Aidé de ses barons, le roi forma une armée et mit le siège devant le château de Thibaud : il s'en empara rapidement mais n'y trouva pas le seigneur qui s'était déjà réfugié en Normandie avec ses proches. Quand Thibaud apprit que son cousin avait été déclaré maître de ses terres, il entra dans une rage folle : haïssant ce parent dévoué au roi, il ne songea plus qu'à la vengeance, quoi qu'elle lui en coûtât. Une nuit, accompagné de Pierre et d'une poignée d'hommes, il s'introduisit sur ses terres et, trompant la vigilance des gardes, monta dans son donjon. Il surprit dans son lit son cousin, qui poussa un cri : il l'étrangla de ses propres mains.

Ce fut là le dernier exploit du comte Thibaud : alertés par le cri, les gardes l'arrêtèrent avec sa troupe et le conduisirent

devant le tribunal du roi, où il n'eut d'autre choix que celui des tourments dans lesquels il devait mourir. Il se jeta alors aux pieds du souverain, fondit en larmes et implora la grâce de pouvoir prier Dieu jusqu'à la fin de ses jours entre les quatre murs d'une abbaye. Il souhaitait, disait-il, racheter des péchés qu'il regrettait amèrement. Le roi, que Thibaud savait très pieux, lui permit de prendre l'habit de moine et confia le salut de son âme à l'un de ses cousins qui était abbé.

La nouvelle vie de Pierre

Quant à Pierre, suivant l'exemple du pécheur repenti avec autant de zèle qu'il avait imité le pillard impénitent, il implora en latin la permission d'entrer dans les ordres[1]. Surpris d'entendre un si jeune homme parler sans faute la langue des clercs, le roi chargea l'archevêque de Paris, présent au jugement, de l'accueillir dans son école qui jouxtait la nouvelle cathédrale Notre-Dame dont il avait naguère posé la première pierre.

Dans cette institution, le jeune homme, qui, contrairement à ses camarades, n'avait pas appris à lire dans les psaumes de la Bible, fit une scolarité médiocre : excellent en grammaire et en rhétorique, il échoua à tous ses examens de théologie, et, au terme de ses études, ne put prétendre à d'autre ministère que celui de lecteur : il avait la charge des livres sacrés, faisait les lectures lors de la messe et servait de secrétaire au prêtre de sa paroisse. Du reste, l'ancien page ne croyait pas assez aux vertus des reliques et de la confession pour devenir prêtre, chanoine ou abbé, et cet emploi peu exigeant lui permettait de se marier un jour. Il pouvait en outre continuer à fréquenter la taverne où, encore étudiant, il allait jouer aux boules et aux dés.

1. *Les ordres* : le clergé, formé par l'ensemble des clercs (moines et prêtres).

C'est vers ce lieu familier qu'il se dirigea, après avoir vu mourir sur la potence Thibaud, ce moine scélérat auquel il devait l'essentiel de ce qu'il était. Il trouva là son ami Richard, un jeune clerc normand avec qui il avait étudié et, l'esprit envahi par la nostalgie de l'enfance, lui récita les premiers vers de l'*Ysengrimus*. S'étonnant de se souvenir par cœur de passages entiers de cette épopée, il amusa tant son ami aux aventures de Reinardus que leurs voisins de table, de robustes porteurs du quai de grève [1] qui ne comprenaient rien au latin, les pressèrent de leur traduire en roman la savante épopée. Vexé de ne pas entendre rire ses auditeurs aux aventures de ceux qu'il appelait désormais *Isengrin* et *Renart*, Pierre ajouta à son récit quelques allusions bouffonnes. Encouragé par son succès, il recommença le lendemain, puis, chaque fois qu'il alla boire un verre à la taverne, il livra à un public fidèle d'autres épisodes de cette libre traduction en langue romane de l'*Ysengrimus*.

Il prépara bientôt chacune de ses prestations avec grand soin, de mémoire ou par écrit, et du récit original dont il s'inspirait, il ne resta bientôt plus que le nom des principaux personnages et la trame de leurs aventures. Car, tout en racontant, Pierre se souvenait de ce qu'il avait vécu sur la lande de Saint-Cloud et sur les terres du comte Thibaud, de ses aventures de chevalier pillard, de l'éloquence des faux dévots, de la perfidie des grands seigneurs et de la coquetterie des dames. Il fit rimer les exploits et les discours de ces tristes personnages dans les vers ronflants des chansons de geste et des romans courtois ; aux reines et aux chevaliers, qui n'avaient plus la grandeur d'Iseult et de Roland, il donna le masque typique et violent des animaux qu'il avait

1. Le *quai de grève*, aujourd'hui place de l'Hôtel-de-Ville, était le plus important port marchand de Paris.

côtoyés dans ses lectures et chassés avec passion, et leur prêta les goûts et les aventures des maraudeurs affamés et des maris cocus des fabliaux. Tous ces personnages avaient leur ridicule, mais aucune de leurs aventures ne se concluait par une morale. Car Pierre trouvait à présent la vie des hommes trop compliquée pour pouvoir en juger avec l'assurance du prudent Ésope. De ce nouveau récit, enfin, le héros n'était plus le loup Isengrin mais Renart le goupil, ce « puant rouquin » que, par inadvertance, il appelait parfois « Renaud » ou « Tibart ». Et si ce héros criminel était attachant, ses innombrables victimes n'inspiraient aucune compassion : prêtes à toutes les bassesses pour se payer la peau d'un ennemi plus fin qu'elles, toutes rêvaient de livrer Renart au supplice atroce dans lequel avait péri le moine Thibaud. Mais, dans le conte, le goupil courait plus vite que ses poursuivants et, lorsqu'il était pris, évitait toujours la potence à la faveur d'une ruse suprême.

Le succès du conteur

Les auditeurs accoururent de plus en plus nombreux à la taverne pour oublier un quotidien morne et difficile et s'évader dans ce monde comique où tout était à l'envers, comme au carnaval, où des animaux s'appelaient « cher oncle » ou « majesté », juraient par tous les saints, montaient à cheval et se déclaraient la guerre pour des andouilles et des jambons. Les marchands flamands s'esclaffaient au récit des amours de Renart et de la louve, les étudiants du nouveau quartier Latin saluaient par des sourires entendus les allusions impertinentes aux textes sacrés, et les enfants, pressés autour du conteur, attendaient le souffle coupé la fin de la folle course-poursuite entre les chiens et le goupil.

Quelques jongleurs qui, un soir de chômage, étaient passés à la taverne, se souvinrent de cette histoire à succès et, dans les spectacles qu'ils donnaient aux quatre coins du royaume, la geste de Renart concurrença bientôt celles de Roland et d'Yvain. Ils usaient du récit qu'ils rapportaient avec la désinvolture qui leur était coutumière, joignant à la parole le jeu de l'acteur ou la mélodie d'un instrument ; trahis par leur mémoire ou portés par leur inspiration, ils modifiaient parfois un vers ou introduisaient un bon mot. Les plus hardis inventèrent de nouveaux épisodes, contant autrement ce que Pierre avait composé, imaginant la suite des aventures de Renart ou remontant jusqu'à son enfance. C'étaient autant de variations composées autour d'un même thème, autant de branches qui s'élançaient d'un même tronc : la perfidie légendaire de Renart le goupil et sa querelle avec Isengrin le loup.

Plus tard, les meilleures de ces histoires furent réunies dans des livres écrits à la main et soigneusement illustrés par de comiques enluminures [1]. Mais chaque manuscrit était différent, car le copiste ne recopiait que les contes qu'il connaissait, ou ceux qu'il préférait, et dans un ordre toujours différent. Tous accordaient une place de choix à la première des branches de ce grand arbre touffu et divers, où Pierre racontait les amours entre Renart et l'épouse d'Isengrin, ainsi que sa lutte avec le chat, le coq, la mésange et le corbeau : on rendait hommage à son auteur comme à un modèle prestigieux, mais on ne garda bientôt de lui d'autre souvenir que celui de son nom.

De bonne grâce, Pierre avait abandonné à d'autres une gloire de poète qui ne lui tenait pas plus à cœur que son office de clerc. Il languissait après des rêves de chevalerie que sa courte

1. *Enluminures* : lettres peintes ou miniatures qui ornent d'anciens manuscrits.

carrière de page lui avait seulement permis d'entrevoir. Impatient de s'illustrer par quelque fait d'armes et de s'emparer des richesses de l'Orient, il prit prétexte de ses devoirs de clerc pour s'engager dans la troisième croisade. Jérusalem était tombée aux mains de Saladin[1], et Philippe Auguste, le nouveau roi de France, partait libérer la Ville sainte au côté de Richard d'Angleterre, modèle de chevalerie, que l'on surnommait déjà « Cœur de Lion ». Trompé dans ses espérances, Pierre massacra peu de Sarrasins, chercha en vain les éléphants et les griffons, et les sultanes qu'il connut dans les faubourgs de Tripoli n'avaient plus toutes leurs dents ni toute leur vertu. Abandonnant le siège de Jérusalem, son bataillon, égaré dans un désert, fut décimé par la soif et le choléra ; beaucoup ne survécurent à la faim qu'en déterrant les corps de leurs compagnons. Une nuit de fièvre, Pierre vit s'introduire dans sa tente le diable en personne sous la forme d'un monstre roux : depuis ce moment, ce fut à force d'oraisons[2] et de contritions[3] quotidiennes que le pèlerin trouva la force de continuer à vivre.

Il rentra à Paris sain et sauf mais ses anciens compagnons de taverne ne le revirent jamais jouer aux dés devant un verre de cervoise[4]. Il mit tant de zèle et de dévotion à s'acquitter de sa modeste charge de lecteur qu'on lui confia bientôt la réforme d'un monastère et de l'école qu'il abritait. Après avoir découvert dans la cellule d'un moine des graffitis équivoques représentant un goupil et une louve, il bannit de la bibliothèque de son abbaye les manuscrits de ce que l'on appelait à présent *Le Roman de Renart*, que l'on recopiait partout et que l'on imitait

1. *Saladin* (1138-1193) : sultan d'Égypte et de Syrie.
2. *Oraisons* : prières.
3. *Les contritions* : l'attitude d'une personne qui se repend d'avoir offensé Dieu.
4. *Cervoise* : bière d'orge, de blé.

jusqu'en Flandre, en Germanie et en Italie. Mais ce fut en vain que l'austère abbé corrigea les écoliers du monastère pour qu'ils ne donnent pas le nom de « renard » à l'animal que leurs parents appelaient « goupil ».

Un mystérieux « roman »

En réalité, des auteurs du *Roman de Renart* et des circonstances de sa composition, nous ne savons presque rien. Ce texte est le recueil d'une trentaine de contes d'animaux, qui furent composés en octosyllabes[1] et en langue romane entre 1170 et 1250 par presque autant d'auteurs différents. Ce n'est donc pas un roman au sens actuel du terme, mais un récit écrit en langue romane. Deux des conteurs nous ont laissé leur nom – mais uniquement leur nom : Pierre de Saint-Cloud et Richard de Lison, le premier ayant probablement composé le récit originel du *Roman de Renart*, qui est aussi l'un des plus fameux[2]. Tous ces contes, ou « branches » mettent en scène un même héros aussi méchant que rusé : Renart le goupil, dont ils présentent une ou plusieurs aventures. On y retrouve souvent le même schéma narratif : Renart sort de son terrier de « Maupertuis », que le conteur décrit parfois comme un véritable château, et conçoit une nouvelle ruse contre ceux qu'il croise sur son chemin. Poussé autant par la malice que par la faim, tantôt il cherche à dévorer ou à voler ceux qu'il rencontre, tantôt il les

1. *Octosyllabes* : vers de huit syllabes.
2. Dans notre édition, les épisodes de Chantecler le coq, de la mésange et de Tiécelin le corbeau (p. 57-73).

PRÉSENTATION

Imaginons...

Nous sommes en France au début des années 1170. C'est une période plutôt heureuse de ce que l'on appelle aujourd'hui le Moyen Âge. Les pillages commis par les Vikings venus sur leurs navires jusqu'à Paris sont déjà des souvenirs anciens, l'épidémie meurtrière de la Grande Peste n'a pas encore frappé, et la guerre de Cent Ans est encore loin. Les lents progrès de l'agriculture ont fait reculer les famines dans les villages, et le développement du commerce avec la Flandre et la Toscane transforme les grandes villes en fourmilières de marchands, d'artisans et d'ouvriers. Quelques privilégiés peuvent penser à autre chose qu'à se nourrir pour survivre : ils font construire des cathédrales, étudient la science oubliée des Grecs et des Latins sur les bancs des écoles qui se multiplient dans les villes et les monastères. Enfin, ils apprennent à parler d'amour à la manière des trouvères*[1], à s'amuser, à rêver.

Sur une place de Paris, la justice royale s'apprête à exécuter un homme. Le public est venu nombreux, car le condamné n'est pas commun – c'est un moine – et son crime est énorme : il

1. Les astérisques renvoient au Petit lexique du Moyen Âge situé en fin de volume, p. 125-127.

aurait vendu les trésors de son abbaye*, dont un coffre en or contenant les reliques* d'un saint* jadis martyrisé par les Romains et que des foules de pèlerins venaient vénérer, espérant d'elles quelque miracle. Accusé du forfait, le moine Thibaud se serait vengé en ouvrant le cellier et la cave de l'abbaye à une bande de soldats avinés qui ont saccagé le monastère* avant d'y mettre le feu. Dans l'incendie a péri l'abbé, qui était de sang royal ; le roi Louis VII, accablé par la mort de son parent, a réclamé pour le moine le châtiment réservé au dernier des scélérats. Traîné par des chevaux dans la fange [1] de la rue, le corps du condamné arrive, écorché vif, pour être pendu à une potence dressée au milieu de la place.

L'enfant à la fronde

Un jeune homme pourtant ne cherche pas à voir le passage du cortège, que la foule indignée injurie et couvre de boue. Il a tenu à assister à ce spectacle mais, le visage tendu, il détourne son regard, observant, sur la potence encore inemployée, deux corbeaux qui se disputent un morceau d'anguille dérobé à l'étalage d'un marchand. L'espace d'un instant, il veut saisir sa fronde pour abattre les oiseaux, mais les poches de son bliaud [2] sont vides. Ce réflexe est le souvenir d'un autre âge, celui de son enfance passée à quelques lieues de Paris, dans la campagne de Saint-Cloud.

En effet, dès qu'il eut l'âge de marcher, le petit Pierre fut chargé de suivre son père pendant le labour et les semailles [3], afin de chasser les moineaux et les corbeaux qui venaient picorer les grains de blé fraîchement semés. Il prit son emploi à cœur

1. *Fange* : boue liquide et sale.
2. *Son bliaud* : sa tunique.
3. *Semailles* : période de l'année pendant laquelle on sème des graines.

et, mieux qu'aucun autre enfant de son village, il sut très vite se servir d'une fronde. Un jour qu'il s'amusait à tirer dans un vol de canards, près d'un étang, il vit s'approcher de lui un chevalier qui, pour mieux l'observer, avait retenu le faucon posé sur son poing. L'homme le félicita pour les oiseaux qu'il avait abattus et Pierre lui montra un piège ingénieux qu'il avait confectionné pour empêcher les goupils* d'attaquer le poulailler de la ferme de ses parents. Au hasard de leurs traques, les deux chasseurs se rencontrèrent à nouveau. Le garçon éprouvait une fierté immense à tenir l'étrier et à porter l'arc du chevalier ; et celui-ci, qui était en réalité l'un des plus puissants comtes d'Île-de-France, admirait chez cet enfant de vilain [1] un cœur et une adresse qu'il désespérait de voir naître chez ses deux fils. Il finit par proposer aux parents du garçon de se charger de son éducation. Les paysans acceptèrent cette séparation précoce, nourrissant le fol espoir de voir un jour leur fils devenir chevalier.

Le chevalier-conteur

Ainsi, vers l'âge de huit ans, Pierre de Saint-Cloud* partit vivre auprès du comte Thibaud, dont les terres confinaient au duché de Normandie. Il y apprit tout ce qu'apprend un jeune seigneur. Plus que jamais le comte et l'enfant allèrent tirer le pigeon et courir le lièvre, et Pierre mania bientôt la lance avec assez d'adresse pour tuer des chevreuils. En rentrant de la chasse, souvent tard, il dressait avec son maître l'inventaire des habitudes et des caractères du gibier qu'ils avaient cherché à leurrer [2]. Thibaud parlait du sanglier égorgé que les valets traînaient à sa suite

1. *Vilain* : paysan libre (par opposition à *serf*).
2. *Leurrer* : tromper quelqu'un par de fausses promesses. Ici, piéger, attraper par ruse.

comme d'un ennemi farouche capturé au combat. Malicieusement, il donnait à la bête le surnom de Nour-ed-Din, comme pour se venger du terrible sultan sarrasin* qui l'avait fait prisonnier sous les murs de Damas. C'était pour lui l'occasion de raconter une nouvelle fois la croisade*, où il s'était battu comme un brave au côté du roi. De ce pèlerinage* en Terre sainte, le chevalier était revenu moins chrétien que personne, avec quelques blessures, un goût immodéré pour les beuveries et un talent de conteur hors pair appris de ses geôliers orientaux, avec qui il avait partagé le désœuvrement du cachot. Pierre l'écoutait avidement et récompensait les plus vaillants des chiens dont il avait la charge en les appelant des noms des grands barons* de Charlemagne. La chasse n'était pour le seigneur et son page qu'un entraînement au seul métier qui comptait vraiment, la guerre.

Des hommes et des bêtes

Ennemis ou amis, les animaux étaient pour les chasseurs comme des hommes, et, en ce temps, il en allait de même pour le marchand, qui ne pouvait voyager sans sa mule, ou pour le paysan, qui ne pouvait labourer sans ses bœufs. Même au cœur d'une ville déjà vaste comme Paris, les ouvriers se nourrissaient en pêchant dans la Seine, les vaches broutaient sur les terrains vagues et les cochons couraient en liberté dans les rues, mordant parfois les enfants et provoquant des accidents de la circulation. Ces animaux criminels n'étaient pas laissés impunis : on les conduisait devant un tribunal qui les jugeait comme des êtres humains. Quand des chenilles ou des mulots venaient à ravager les récoltes, des évêques prononçaient contre ces êtres malfaisants de furieuses menaces d'excommunication. On considérait non seulement que les bêtes pouvaient être, comme les

fous, possédées par le diable, mais aussi que Dieu avait créé chaque espèce pour mieux faire voir aux hommes les vertus qu'il fallait cultiver ou les vices qu'il fallait fuir.

Tout ce que l'on savait et que l'on imaginait des animaux était accumulé dans des livres épais, les bestiaires*. Les créatures citées dans la Bible y rejoignaient la troupe des crocodiles, des éléphants, des griffons[1] ou des onocentaures[2] attestés par les récits fabuleux des voyageurs qui revenaient d'Orient. Le plus ancien et le plus important des bestiaires du Moyen Âge était le *Physiologus*, dont le comte Thibaud avait acheté à des pèlerins qui revenaient d'Espagne un précieux manuscrit recopié par des savants arabes. C'était autour de cet ouvrage, auquel il tenait autant qu'à sa Bible, qu'il prolongeait souvent la discussion engagée avec son page au retour du bois. Traduisant le latin, il lui exposait les règles de la chasse à la licorne, les mauvais tours du goupil, rusé comme le diable, qui contrefaisait la mort pour attirer ses victimes, ou encore les vertus de la panthère, dont la douce haleine parfumée d'aromates attirait à elle, comme la bonne parole du Christ, tous les animaux de la Création, à l'exception du dragon.

Pierre écoutait d'une oreille distraite ces doctes explications. Ses yeux, tout occupés à l'observation des illustrations plus vraies que nature qui ornaient le livre, cherchaient en vain la racine de la vigne qui courait en volutes interminables autour du texte. Ils revenaient toujours, poussés par le désir de se faire peur, aux serpents enlacés dans les premières lettres, énormes, qui ouvraient chaque nouveau chapitre. Ainsi apprit-il peu à peu à déchiffrer l'alphabet. Il sut bientôt assez de latin pour revenir

1. *Griffons* : animaux imaginaires, moitié aigle moitié lion.
2. *Onocentaures* : animaux imaginaires, moitié homme moitié âne.

la nuit au précieux manuscrit et, à la lumière d'une chandelle clandestine, parfaire sa science des panthères et des dragons. Le *Physiologus* lu et relu, il dénicha d'autres animaux dans la bibliothèque du comte et trouva un recueil de petites histoires écrites par un Grec du nom d'Ésope, seize siècles auparavant. Là encore les bêtes avaient chacune leur caractère, leurs vices et leurs vertus, mais elles vivaient entre elles des petites aventures, se comportaient et s'exprimaient comme des êtres humains. L'enfant n'était pas toujours d'accord avec la morale de ces fables*, mais il riait d'y voir le lion vaincu par la mouche, ou le loup et le corbeau joués par le goupil. Il retrouva ces animaux dans un récit plus long qu'il préféra bientôt à ces naïves histoires : une véritable épopée en vers latins, l'*Ysengrimus**, du nom de son héros, un loup cruel mais stupide constamment berné par un rusé goupil nommé « Reinardus ». Son auteur, Nivard de Gand, était un homme d'Église, un clerc*, qui s'était visiblement plus appliqué à l'étude de Virgile et d'Homère qu'à celle des Saintes Écritures. Pierre était encore trop jeune pour comprendre toutes les allusions moqueuses que le récit faisait à la vie dépravée de certains religieux, mais son imagination juvénile s'échauffait au récit des duels furieux que les deux héros se livraient.

En lisant, il croyait entendre le cliquetis des armes qui résonnait lors des joutes et des combats à l'épée que le comte organisait sur sa lande. Dans ces tournois* où s'affrontait la plus vaillante noblesse du pays, le jeune page assistait son maître, portant son écu armorié avec lequel, il le savait, il se battrait un jour. Ses rêves de chevalerie étaient encore flattés par les contes que les trouvères et les simples jongleurs* chantaient au cours des fastueux banquets qui suivaient ces jeux guerriers. Tout en coupant les viandes et en servant les hôtes de marque, Pierre entendait parler

LA GUERRE AU ROI

RENART COURT TOUJOURS

SOMMAIRE

Sur le thème « Résister au plus fort : ruses, mensonges et masques » dans la collection « Étonnants Classiques »

Fabliaux du Moyen Âge, 11 histoires de ruse (anthologie)
La Farce de Maître Pathelin
La Farce du Cuvier et autres farces du Moyen Âge
LA FONTAINE, *Le Corbeau et le Renard et autres fables*
MOLIÈRE, *L'Amour médecin, Le Sicilien ou l'Amour peintre – Les Fourberies de Scapin – Le Médecin malgré lui – Le Médecin volant, La Jalousie du Barbouillé*
Le Roman de Renart

Autres textes sur le Moyen Âge dans la même collection

Aucassin et Nicolette
La Chanson de Roland
CHRÉTIEN DE TROYES, *Lancelot ou le Chevalier de la charrette*
Perceval ou le Conte du graal
Yvain ou le Chevalier au lion
ROBERT DE BORON, *Merlin*
Le Roman de Renart
Tristan et Iseut

Édition révisée en 2016.
ISBN : 978-2-0813-8569-6
ISSN : 1269-8822

ÉTONNANTS • CLASSIQUES

Le Roman de Renart

Édition de CHRISTIAN KEIME, *professeur de lettres,*
mise à jour pour les Nouveaux Programmes
par FLORENCE RENNER, *professeur de lettres*

Avec la participation de LAURENT JULLIER,
professeur en études de cinématographie,
pour « Un livre, un film »

Adaptation de MONIQUE LACHET-LAGARDE
– revue et complétée pour la présente édition –,
d'après la traduction de
JEAN DUFOURNET *et* ANDRÉE MÉLINES

Flammarion

entraîne par des paroles enjôleuses dans ses expéditions de brigandage pour les faire finalement tomber dans les griffes des chiens ou sous les coups de bâton des paysans. Les innombrables victimes de Renart – des animaux le plus souvent – sont toutes comme lui des vassaux du roi Noble le lion, et se retrouvent à la cour de leur souverain pour se plaindre de celui qui les a bernés.

Le récit qui ouvre cette présentation est donc une fiction, car nous ne possédons aucun document sur la vie de Pierre de Saint-Cloud et le comte Thibaud est un personnage entièrement inventé. Néanmoins, le caractère et l'histoire de ces deux personnages s'inspirent de ce que l'on sait des hommes du Moyen Âge et révèlent le contexte historique et culturel dans lequel l'œuvre fut composée. À la lecture des aventures burlesques de Renart et d'Isengrin, on peut en effet deviner beaucoup de choses : les auteurs du *Roman de Renart* – et Pierre de Saint-Cloud au premier chef – étaient des hommes forts cultivés, des clercs*, observateurs critiques de leur époque et lecteurs avisés de tout ce qu'on pouvait y écrire. Mieux qu'aucun historien, ils nous parlent d'un temps où les animaux partageaient l'aventure humaine dans la vie comme dans la littérature : les bestiaires, les *Fables* d'Ésope et surtout l'épopée en latin de l'*Ysengrimus*, écrite quelques années avant la première branche, leur servirent sans aucun doute de modèles. *Le Roman de Renart* témoigne en outre d'un âge où le peuple chrétien adorait les reliques et édifiait des cathédrales, un âge où les rois cherchaient à mater leurs vassaux insoumis ou partaient en croisade avec des chevaliers violents et ripailleurs qui aimaient entendre les trouvères célébrer, dans les chansons de geste et les romans courtois, les vertus de leur caste.

NOTE SUR LA PRÉSENTE ÉDITION

L'ensemble des branches qui nous sont parvenues du *Roman de Renart* forme un texte de trente mille vers, ce qui correspondrait à plus de mille pages du présent livre. Les plus anciens manuscrits que l'on ait conservés de cette œuvre ne contiennent qu'une partie de l'ensemble, et les branches y sont présentées selon un ordre très variable. De même, l'édition que nous proposons est le produit d'un choix d'extraits significatifs et particulièrement savoureux, que nous avons ordonnés de manière à constituer une histoire cohérente.

Le numéro des branches mentionné à la fin des épisodes des aventures de Renart n'indique pas l'ordre de la composition, mais la place de la branche dans l'édition de E. Martin qui a servi de base à la présente édition. Ainsi, la branche II, attribuée à Pierre de Saint-Cloud, est-elle probablement la plus ancienne.

Enfin, pour être accessible aux lecteurs d'aujourd'hui, le texte proposé dans ce volume est une adaptation en prose et en français moderne.

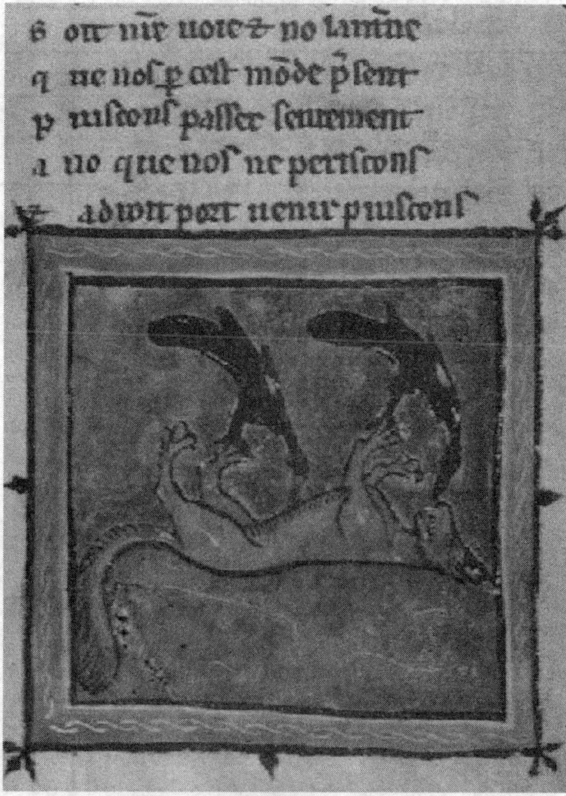

■ Miniature du *Bestiaire divin*, XIIIe siècle (Guillaume le Clerc, bibliothèque municipale de Lyon, ms. PA, f° 41v°). Au Moyen Âge, les bestiaires rapportent tous une célèbre ruse du goupil, qui consiste à faire le mort pour attirer les proies, ici des oiseaux.

■ Saint Jean rédigeant son évangile (livre de la Bible). Miniature du XIIIe siècle (bibliothèque municipale d'Angers, ms. 0009, f° 228, 9). L'aigle est l'attribut de saint Jean, avec lequel il est souvent représenté. Ici, il a fusionné avec lui pour former un être mi-homme, mi-animal.

■ Miniature du XIVe siècle (*Fleurs des chroniques*, bibliothèque municipale de Besançon, ms. 677, f° 67v°). Au Moyen Âge, les récits historiques rapportent la mort, en 1131, dans une rue de Paris, du fils aîné du roi Louis VI le Gros. Il avait été couronné roi du vivant de son père. Un cochon provoqua la chute de son cheval ; il ne survécut pas à l'accident.

CHRONOLOGIE

VIe siècle av. J.-C.
XIIIe siècle apr. J.-C.

Repères historiques et culturels

Le Roman de Renart dans la tradition littéraire

■ Richard Cœur de Lion, roi d'Angleterre (1151-1199) qui participa à la troisième croisade (1189-1192), avec Philippe Auguste et Frédéric Barberousse. Il porte la croix sur son habit, signe de son engagement dans les croisades (gravure de Rebel d'après Blondel).

Repères historiques et culturels

768-814 Charlemagne, roi des Francs, règne sur un vaste empire.

v. 850 Naissance de la féodalité*. Les rois perdent leur autorité sur leurs barons*.

987 Sacre d'Hugues Capet ; début de la dynastie capétienne, qui va progressivement rétablir l'autorité royale.

1108-1137 Règne de Louis VI le Gros. Il impose son autorité sur le domaine royal (l'Île-de-France).

1137-1180 Règne de Louis VII le Jeune. Il lutte contre son vassal Thibaud de Champagne et s'engage dans la deuxième croisade.

1144-1146 Grande famine en Occident.

1147-1149 Deuxième croisade ; les croisés sont battus par Nour-ed-Din.

1152 Louis VII répudie son épouse Aliénor d'Aquitaine, qui se remarie avec Henri Plantagenêt, bientôt roi d'Angleterre.

1155 Louis VII proclame la « paix du roi » : interdiction des guerres privées entre seigneurs.

1163-1260 Construction de Notre-Dame de Paris.

Le Roman de Renart dans la tradition littéraire

VIe siècle av. J.-C. Ésope, *Fables*.

IIe siècle apr. J.-C. *Physiologos*, bestiaire composé à Alexandrie (traduit en latin, *Physiologus*).

v. 1000 *La Chanson de Roland*.

v. 1148 Nivard de Gand, *Ysengrimus*.

1159 *Richeut*, premier fabliau* connu.

Repères historiques et culturels

1180-1223 Règne de Philippe II Auguste. Il s'empare de l'empire des Plantagenêts en France.

1189-1192 Troisième croisade (Philippe Auguste, Richard Cœur de Lion et Frédéric Barberousse). Échec.

1200 Fondation de l'université de Paris.

1202 Philippe Auguste condamne Jean sans Terre, roi d'Angleterre, à perdre ses fiefs en France.

1202-1204 Quatrième croisade et prise de Constantinople.

1209-1215 Guerres menées par l'Église contre les Albigeois, ou Cathares, chrétiens hérétiques.

1214 Bataille de Bouvines : victoire de Philippe Auguste sur Jean sans Terre.

1217-1221 Cinquième croisade. Échec des croisés.

1223-1226 Règne de Louis VIII le Lion.

1224-1226 Grande famine en Occident.

1226-1270 Règne de Louis IX (Saint Louis), modèle de justice et de piété.

1228-1229 Sixième croisade.

1248-1254 Septième croisade.

Le Roman de Renart dans la tradition littéraire

v. 1170 Marie de France, *Isopets* (adaptation en français des *Fables* d'Ésope).

1170-1173 *Tristan et Iseult* de Thomas, trouvère* breton au service d'Aliénor d'Aquitaine.

1171 Premières branches du *Roman de Renart*, dont la branche II, attribuée à Pierre de Saint-Cloud.

v. 1180 Chrétien de Troyes, *Yvain ou le Chevalier au lion*, *Lancelot ou le Chevalier de la charrette* et *Perceval ou le Conte du graal* (romans courtois).

1180 *Tristan et Iseult* de Béroul, jongleur* normand.

1220-1230 *Lancelot* en prose.

1235 *Chansons* de Thibaut de Champagne, grand seigneur et trouvère.

1250 Fin de la composition du *Roman de Renart*.

1261-1265 Jacques de Voragine, *La Légende dorée* (vies de saints et de martyrs chrétiens).

v. 1262 La *Complainte* de Rutebeuf, trouvère parisien.

Le Roman de Renart

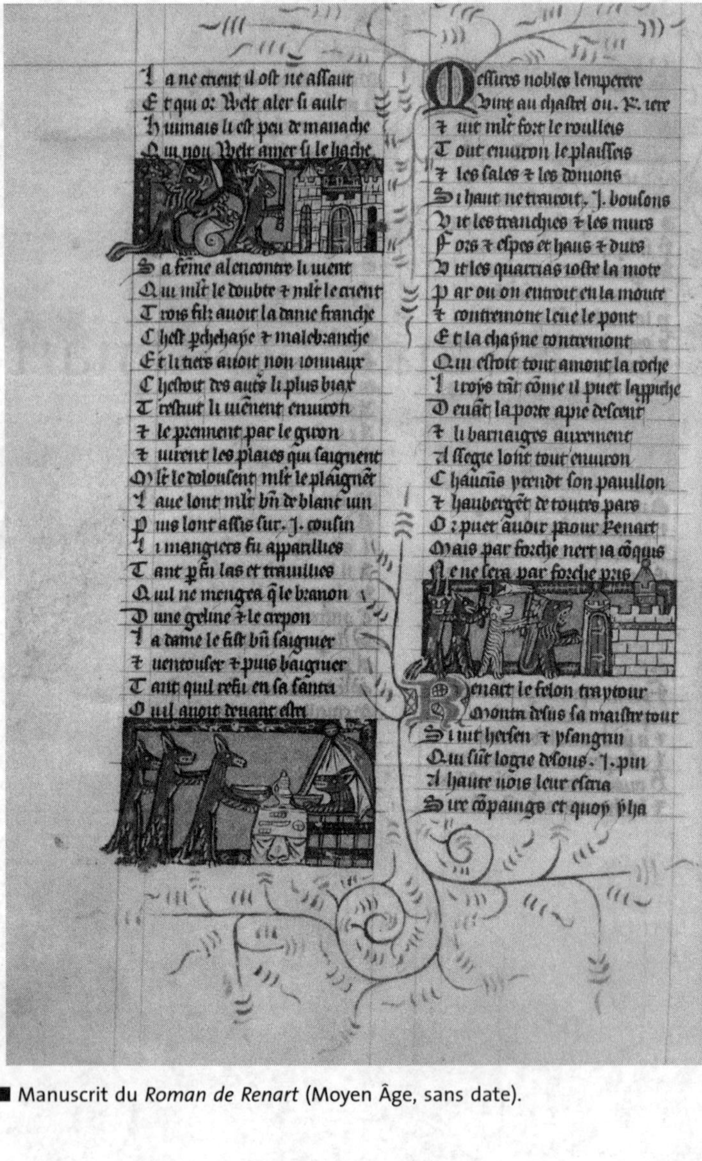

■ Manuscrit du *Roman de Renart* (Moyen Âge, sans date).

RENART LE GOUPIL ET ISENGRIN LE LOUP

La naissance de Renart et Isengrin

Seigneurs, écoutez-moi, je vous prie ! C'est avec joie que je vais vous raconter comment Isengrin et Renart vinrent au monde et qui ils furent. J'ai lu cela dans un livre que je découvris un jour dans un coffret : il s'intitulait *Aucupre* et contenait, en plus du récit de Renart, bien d'autres choses dignes d'être racontées. Après une grande lettre vermeille [1], ce que je lus n'était que merveille ! Si l'on m'avait seulement raconté cette histoire, j'aurais pris le conteur pour un ivrogne, mais il faut croire ce qui est écrit dans les livres.

Aucupre raconte comment Dieu chassa Adam et Ève du paradis parce qu'ils avaient transgressé ses commandements, puis comment Il eut pitié d'eux et leur donna une baguette en expliquant qu'il leur suffirait d'en frapper la

1. ***Vermeille*** : rouge. Il s'agit ici de la lettrine, première lettre d'un paragraphe ou d'un chapitre qui, dans les manuscrits médiévaux, était souvent ornée.

mer quand ils auraient besoin de quelque chose. Adam frappa la mer avec la baguette; une brebis en sortit, et Adam dit à Ève : «Dame, gardez cette brebis, elle vous donnera plus de lait et de fromage qu'il n'en faut pour nous nourrir.» Mais Ève se dit en elle-même que ce serait encore mieux s'ils en avaient une deuxième avec eux. Aussitôt, elle s'empara de la baguette et en frappa violemment la mer. Un loup en surgit, saisit la brebis, et partit dans la forêt au grand galop. Quant Ève vit qu'elle avait perdu sa brebis, désemparée, elle hurla «Ah! ah!». Adam reprit la baguette et frappa la mer avec colère : un chien en sortit à vive allure et, quand il vit le loup, il s'élança pour secourir la brebis et s'en empara. Le loup abandonna celle-là à contrecœur, et jura d'en refaire sa proie s'il la surprenait le lendemain dans la forêt ou dans la plaine; mais pour l'heure, vaincu, il s'enfuit tout honteux dans le bois. Quand Adam eut récupéré son chien et sa bête, il se réjouit, le cœur en fête. Comme nous l'apprend le livre, ces deux animaux, plus qu'aucun autre, ne pouvaient survivre longtemps loin des hommes, privés de leur compagnie. À chaque fois qu'Adam frappait la mer, le chien et la brebis retenaient avec eux la bête qui en sortait. Quelle qu'elle fût, ils l'apprivoisaient. Mais celles qu'Ève fit sortir de la mer, ils ne purent jamais les retenir : elles allaient aussitôt rejoindre le loup dans le bois. Les animaux d'Adam s'apprivoisaient bien, ceux d'Ève devenaient sauvages.

Parmi ces derniers surgit le goupil* qui, par conséquent, devint sauvage. Il était roux, habile voleur et trompait par sa ruse toutes les bêtes qu'il trouvait sur son chemin. Sachez que ce goupil représente un homme qui fut le plus malin de tous : il s'appelait *Renart*. D'ailleurs, on appelle aujourd'hui *Renart* tous les habiles et les rusés à cause de Renart et de son goupil, fort malins l'un et l'autre. Autant le goupil savait tromper les animaux, autant Renart savait emmerder[1] les hommes ! Entre ces deux-là, même sang, mêmes habitudes, même caractère.

À l'exemple de Renart, Isengrin était de jour comme de nuit un incorrigible pillard. On le représenta ainsi sous la forme de l'animal qui déroba les brebis d'Adam, et c'est à bon droit que l'on appelle *Isengrin* le loup ainsi que tous ceux qui courent le jour et la nuit pour commettre d'habiles larcins. [...]

Or Renart était le neveu d'Isengrin ; de leur côté, le loup et le goupil s'aimaient tellement et cheminaient si souvent ensemble que le loup fit du goupil son neveu et le goupil fit du loup son oncle. C'est en tout cas ce que raconte mon livre...

[Branche XXIV, vers 19-158.]

Renart, Isengrin et le jambon

Un jour, Isengrin quitte la lande[2] pour chercher sa nourriture et sire Renart fait de même. Il est à parier qu'ils se rencontreront bientôt. Renart commence par prier Dieu

1. Le niveau de langue du *Roman de Renart* n'est pas toujours soutenu ! Le conteur aime souvent mêler des expressions vulgaires au style noble des textes sacrés ou des récits de chevalerie.
2. ***La lande*** : les champs, la campagne sauvage.

de le préserver, durant cette journée, des griffes de son compère[1] Isengrin : « J'ai, dit-il, un si méchant voisin que je ne sais à qui me fier. »

Le temps de descendre une haute colline et voilà Isengrin devant lui ; les ennuis ne vont pas tarder pour Renart qui, voyant qu'il ne peut l'éviter ni le fuir, l'aborde résolument : « Cher compère, soyez le bienvenu et que Dieu vous donne la joie ! » L'autre réplique : « Dieu m'assiste ! Grande est ma joie du moment que je te vois. Par Dieu le père en qui je crois, du moment que je te vois, je suis comblé… Je vais te faire cruellement souffrir, tu seras logé dans mon ventre, tu n'as pas le choix car il te faudrait un cheval d'une exceptionnelle rapidité pour esquiver le combat. Grâce à toi, j'aurai la panse rebondie et mon sang se fortifiera de ta chair. » Isengrin aiguise ses dents et se jette sur Renart. Jamais personne – fût-il prisonnier ou captif chez les Sarrasins* – ne fut aussi brutalisé ni aussi secoué que Renart.

Quelle pénible épreuve pour le goupil ! De son dos s'envolent les touffes de poils comme le duvet d'un édredon. La souffrance le blanchit d'écume. La rossée[2] d'Isengrin a mis Renart à vif. Il est bel et bien pelé, ce n'est pas pour rire : il ne bouge pas, ne se plaint pas. Assis un peu plus loin, Isengrin lui dit : « Ah ! maudite trahison, sous l'emprise de la colère, comme j'ai mal agi ! À quoi bon désormais le plaisir puisque j'ai tué mon conseiller ! » En l'entendant, Renart s'étire légèrement. « Qu'est-ce donc que je sens ? dit

---

1. On appelle ***compère*** (masc.) ou ***commère*** (fém.) une personne avec qui on entretient un lien de parrainage. Comme Renart est le parrain d'un des fils d'Isengrin et de Hersent, Isengrin est son *compère* et Hersent sa *commère*.
2. ***Rossée*** : volée de coups, déculottée.

Isengrin. Il a encore une veine qui bat mais je ne sens plus sa chaleur ni son souffle. » Renart se relève : « Seigneur, ce n'est pas bien. Je suis votre neveu, c'est là l'essentiel. Désormais, ne méprisez plus les faibles. »

Renart, regardant par la plaine, voit arriver, longeant le bois, un paysan avec un jambon ; il sortait de chez lui. Ce spectacle le fait sourire. « Mon oncle, vous m'êtes très cher (son astuce le sauvera) ; mon oncle, écoutez la bonne nouvelle ! Ce paysan, là-bas, porte un jambon. Faisons-le passer dans nos mains, transformons-nous en marchands. Fixons tout de suite votre part : moi, j'en aurai un tiers et vous deux, à cause de votre taille. Ainsi procèdent les marchands qui ont la vie belle. » Montrant les dents, Isengrin lui répondit :

« Par saint Clair, je n'ai pas envie de me frotter à un paysan. Hier, comme je passais dans un village, l'un d'eux me frappa avec un gourdin et m'étendit raide. Quelle humiliation de recevoir des coups !

– Ne vous inquiétez pas, dit Renart. C'est une belle occasion de prouver mon astuce. Si je ne parviens pas à vous livrer le jambon, faites-moi pendre à une corde. Mon oncle, ajouta-t-il, ne bougez pas. Je vais de l'avant. Restez ici.

– D'accord », dit Isengrin.

Et Renart se met en route. Il se traîne devant le paysan comme s'il était estropié et parvient ainsi au milieu du chemin charretier. Le paysan est fou de joie en apercevant le goupil. Gare au jambon ! Renart s'avance, traînant la patte, et l'autre s'imagine qu'il peut l'attraper à la main. Renart fait un léger saut. « Tu ne perds rien pour attendre, dit le paysan. Ta gorge ornera mon manteau des dimanches.» Ses paroles réjouissent Renart car il y a un monde entre dire et faire. S'il le peut, il déjouera ses plans.

Il ne cesse d'accélérer l'allure et l'autre redouble de vitesse. Le paysan est au supplice, il ne peut continuer, le souffle lui manque; aussi a-t-il posé le jambon à terre. Isengrin se dit : «C'est le moment!» Renart file au grand galop, tandis qu'Isengrin suit les traces. Pas question de se prélasser, il saute jusqu'au jambon qu'il jette sur son épaule et qu'il emporte, en toute hâte, dans un buisson. Là, il le mange, sans perdre une minute, en laissant la ficelle pour Renart.

Le paysan revint sur ses pas et fit une tête d'enterrement en constatant la disparition de son jambon. Jamais personne ne fut aussi affligé. Sans s'occuper du paysan, Renart arrêta sa course à travers la plaine pour venir au buisson où il croyait partager son jambon, mais Isengrin, qui l'avait pris et partagé, en montra la ficelle à Renart. Renonçant à livrer bataille, le goupil lui répondit par ces mots :

«Que la corde revienne à qui l'a méritée. Or ce n'est pas mon cas. Vous êtes un mauvais associé par Jésus-Christ, le fils de Marie. Je ne peux pas rester longtemps ici. Je vous demande congé. Pécheur invétéré, je vous prie, mon cher oncle, de me laisser partir prier saint Jacques. Je serai pèlerin de par le monde[1].

– J'y consens», dit Isengrin.

Renart poursuivit sa route, maintenant résolu à jouer Isengrin pour lui faire payer le jambon qu'il a refusé de partager. C'est bien dans les habitudes du goupil.

[Branche V, vers 1-153.]

1. À Compostelle, en Espagne, sont conservées les reliques* de saint Jacques, adorées par des pèlerins venus de l'Europe entière.

■ Duel entre Renart et Isengrin. Miniature du *Roman de Renart*, XIIIe siècle.

Renart et les anguilles

Seigneurs, c'était l'époque où les beaux jours de l'été tirent à leur fin et laissent place à l'hiver. Renart était chez lui mais ses provisions étaient épuisées. Quel terrible malheur ! Il n'avait rien à donner, rien à dépenser, ni rien non plus pour reprendre des forces. Contraint et forcé, il prit la route. Avec mille précautions pour ne pas être vu, il traversa un marais couvert de joncs [1] qui s'étendait entre le bois et la rivière, il avança tant et si bien qu'il arriva sur un chemin empierré. Là, il se fit tout petit et, le cou tendu, épia de tous côtés. Il ne savait où aller chercher sa nourriture, pour calmer la faim qui le pressait. Il ne savait que décider et se rongeait les sangs. Il se coucha alors le long

1. *Joncs* : sorte de roseaux.

d'une haie où il attendit la suite des événements. Or, voici qu'arrivèrent, à vive allure, des marchands avec un chargement de poissons en provenance de la mer. Ils avaient du hareng frais à profusion, car la bise n'avait cessé de souffler de toute la semaine; ils avaient aussi d'autres variétés de bons poissons, en grande quantité, des gros et des petits, dont leurs paniers étaient pleins à ras bord, des lamproies [1] et des anguilles qu'ils avaient achetées dans les fermes. La charrette était lourdement chargée. Et Renart, le trompeur universel, se trouvait à une bonne portée d'arc [2]. Quand il vit la charrette avec son chargement d'anguilles et de lamproies, il fila en tapinois [3] par les chemins de traverse pour devancer les marchands dans l'espoir de les tromper sans éveiller leur attention.

Il s'est couché au milieu du chemin. Écoutez donc comment il les a trompés. Il s'est allongé sur l'herbe pour faire le mort. Le voici, le roi des mystificateurs [4], qui ferme les yeux, montre les dents, retient son souffle. Avez-vous jamais entendu pareille perfidie ? Il reste là, inerte. Mais voici qu'arrivent les marchands qui ne s'attendaient à rien de tel. Le premier voit Renart, l'examine puis appelle son compagnon : « Regarde là-bas, c'est un goupil ou un molosse [5] ! » Quand l'autre l'a vu, il lui crie : « C'est le goupil ! Va l'attraper, va ! Attention qu'il ne t'échappe pas ! Il faudra qu'il soit bien malin, Renart, pour ne pas nous laisser sa peau ! »

---

1. ***Lamproies*** : espèce de poissons.
2. ***Portée d'arc*** : distance parcourue par une flèche tirée d'un arc.
3. ***En tapinois*** : sans se faire remarquer.
4. ***Mystificateurs*** : trompeurs.
5. ***Molosse*** : gros chien de garde.

Le marchand presse l'allure, suivi de son compagnon, si bien qu'ils arrivent près de Renart qu'ils découvrent couché sur le dos, et qu'ils retournent dans tous les sens, sans plus aucune crainte d'être mordus. Ils évaluent la peau du dos, puis celle de la gorge. Pour l'un, elle vaut trois sous, mais l'autre de répliquer : « Grand Dieu ! elle vaut bien quatre sous, et ce serait bon marché. Nous avons encore de la place : jetons-le en haut de notre charrette. Regarde comme la gorge est d'une blancheur parfaite ! » À ces mots, ils s'avancent et le jettent sur le chariot avant de repartir en se congratulant : « Pour l'instant, nous en resterons là, mais ce soir, chez nous, nous lui retournerons le paletot [1]. »

Ils rient fort de leur plaisanterie que Renart ne prend pas au sérieux, car il y a loin de la coupe aux lèvres [2]. Renart, à plat ventre sur les paniers, en a ouvert un avec les dents et en a retiré plus de trente harengs : il vide pour ainsi dire le panier, se régalant avec un fort bon appétit, sans réclamer ni sel ni sauge [3]. Toutefois, avant de s'en aller, il jettera encore sa ligne, il n'y a pas l'ombre d'un doute. Il attaque l'autre panier où il a plongé le museau. Succès total : il en retire trois chapelets d'anguilles. Renart, qui n'est jamais à court d'idées, les enfile autour de son cou et de sa tête, puis il les arrange sur son dos qui en est tout recouvert. Maintenant, il peut bien s'en tenir là. Il lui faut trouver le moyen de redescendre à terre mais il n'a pas le moindre marchepied. Aussi se met-il à genoux pour examiner avec attention comment sauter sans danger. Ensuite il s'avance un peu et s'élance,

---

1. *Le paletot* : la peau.
2. *Il y a loin de la coupe aux lèvres* : tous les projets ne se réalisent pas.
3. *Sauge* : herbe aromatique.

pattes en avant, hors de la charrette pour atterrir sur le chemin, emportant son butin autour du cou. Après avoir ainsi sauté, il dit aux marchands : « Dieu ait votre âme ! Ces quelques anguilles sont à nous, gardez le reste ! »

■ Renart vole les anguilles. Miniature du *Roman de Renart*, XIVe siècle.

Les autres, à l'entendre, n'en reviennent pas. Ils crient : « Le goupil ! le goupil ! » Ils bondissent de la charrette dans l'idée de prendre Renart, mais celui-ci ne veut pas les attendre. […]

« Ah ! Renart, s'exclament-ils, vous êtes un coquin ! Puissent ces anguilles vous faire crever !

– Seigneurs, je n'ai pas envie de discuter. Vous pouvez dire ce que vous voulez : je suis Renart qui a décidé de se taire. »

Les marchands le poursuivent mais ils ne le rattraperont plus de la journée car son cheval est très rapide.

Sans ralentir l'allure, à travers un vallon, il galopa jusqu'à sa propriété. Aussi les marchands abandonnèrent-ils la partie tout en se traitant de tous les noms ; fourbus[1], ils

---

1. ***Fourbus*** : épuisés.

firent demi-tour. Cependant notre goupil continuait à vive allure, habitué à sortir des pires difficultés. Il se dirigea tout droit vers son château où l'attendaient les siens dans une profonde détresse. Renart franchit la clôture. Son épouse s'élança à sa rencontre : c'était Hermeline, une fraîche jeune femme, un modèle de courtoisie et de noblesse, suivie de Percehaie et de Malebranche, les deux frères qui accoururent au-devant de leur père. Il arrivait à petits bonds, le ventre bien rempli, le cœur en fête avec les anguilles autour du cou. Cependant, sans se soucier du qu'en-dira-t-on, il referma la porte derrière lui, à cause des anguilles qu'il rapportait.

Le voici donc dans sa tour. Ses fils, aux petits soins pour lui, lui ont soigneusement essuyé les jambes, ils ont dépouillé les anguilles qu'ils ont coupées en tronçons. Ensuite, ils ont confectionné des brochettes avec des tiges de noisetier sur lesquelles ils ont enfilé les morceaux. Vite, ils ont allumé le feu, car les bûches ne manquaient pas, ils l'ont attisé en soufflant de tous côtés et ils ont posé les brochettes quand les tisons[1] sont devenus braise.

[Branche III, vers 1-176.]

■ Renart rentre chez lui. Miniature du *Roman de Renart,* XIVe siècle.

1. ***Tisons*** : morceaux de bois en feu.

La tonsure[1] d'Isengrin

Pendant qu'ils faisaient cuire et rôtir les anguilles, voilà que survint monseigneur Isengrin qui avait battu le pays[2] depuis le matin sans aucun succès. Il était tout amaigri à force d'avoir jeûné[3], car il avait connu des temps très difficiles. Alors, dans un essart[4], il prit la direction du château de Renart dont il vit fumer la cuisine, où l'on avait allumé du feu pour faire rôtir les anguilles que les fils de Renart faisaient tourner sur des broches. Quand il flaira cette fumée à l'odeur inhabituelle, Isengrin commença à renifler et à se pourlécher les babines. Il se serait mis volontiers à leur service[5], s'ils avaient accepté de lui ouvrir la porte. Il s'approcha d'une fenêtre pour tirer l'affaire au clair. Il courut à droite, à gauche, regarda une fois, deux fois, mais il ne put trouver un plan pour se glisser à l'intérieur même moyennant cadeaux ou promesses. En fin de compte, il se résolut à supplier son compère de lui donner, au nom de Dieu, un peu, ou beaucoup, de son repas. Il l'appela alors par un trou : « Seigneur mon compère, ouvrez-moi la porte ! Je vous apporte de bonnes nouvelles que vous trouverez bien agréables. » Renart l'entendit, il le reconnut parfaitement, mais il ne sourcilla pas et fit la sourde oreille. Isengrin n'en revenait pas, toujours dehors à souffrir de la

---

1. ***Tonsure*** : zone circulaire de cheveux rasés au sommet de la tête des moines.
2. ***Qui avait battu le pays*** : qui avait exploré, fouillé la région.
3. ***À force d'avoir jeûné*** : à force de ne pas avoir mangé.
4. ***Essart*** : terre déboisée et défrichée pour être cultivée.
5. ***À leur service*** : au service de Renart et de ses fils.

faim et à baver d'envie. Aussi insista-t-il : « Ouvrez, cher seigneur ! » Renart se mit à rire et demanda :

« Qui êtes-vous ?

– C'est nous, répondit l'autre.

– Qui vous ?

– C'est votre compère.

– Nous vous avions pris pour un voleur.

– Non, non, dit Isengrin, ouvrez !

– Attendez donc, répondit Renart, que les moines aient fini de manger, ils viennent de se mettre à table.

– Comment donc, fit l'autre, il y a des moines ?

– Mais non, dit Renart, ce sont plutôt des chanoines[1], de l'ordre de Tiron[2]. (À Dieu ne plaise que je mente !) Je suis devenu l'un des leurs.

– Par Dieu, dit le loup, c'est bien la vérité ?

– Oui, par la sainte charité.

– Dans ce cas, accordez-moi l'hospitalité[3] !

– Vous ne recevriez aucune nourriture.

– Dites-moi donc, vous n'avez pas de quoi ?

– Si, par ma foi, dit Renart, mais laissez-moi vous demander : êtes-vous venu ici pour mendier ?

– Que non ! Je voulais savoir ce que vous deveniez.

– Impossible, coupa Renart.

– Et pourquoi donc ? demanda le loup.

– Ce n'est pas le moment, dit Renart.

– Dites-moi donc : mangez-vous de la viande ?

---

1. ***Chanoines*** : conseillers de l'évêque. Ces religieux avaient la réputation de vivre grassement.

2. ***L'ordre de Tiron*** : congrégation de moines fondée en 1114 près de Chartres.

3. ***Hospitalité*** : accueil de celui qui passe, à qui l'on offre le gîte et le couvert.

– Vous plaisantez, dit Renart.

– Que mangent donc vos moines ?

– Je vais vous le dire sans détours : des fromages tendres, des poissons à larges têtes. Saint Benoît[1] nous recommande de ne jamais manger plus mal.

– Je ne m'en doutais pas, dit Isengrin, je l'ignorais totalement ; mais soyez assez bon pour me loger. Je ne saurais où aller de la journée.

– Vous loger ? dit Renart. C'est hors de question ! Personne, à moins d'être moine ou ermite, ne peut loger en ce lieu. Passez votre chemin : inutile d'insister. »

Isengrin, à ces mots, comprit parfaitement qu'il aurait beau faire, il n'entrerait pas chez Renart. Malgré tout, il lui demanda : « Le poisson, c'est bon à manger ? Donnez-m'en au moins un morceau, seulement pour le goûter. Quel bonheur pour ces anguilles d'avoir été pêchées et dépouillées, si vous daignez en manger ! » Renart, passé maître en roublardise, prit trois morceaux d'anguilles qui rôtissaient sur les charbons, cuits à point en sorte que la chair se défaisait et se détachait complètement. Renart en mangea un, il apporta les autres à celui qui attendait à la porte en disant : « Compère, approchez-vous un peu et acceptez par charité de la nourriture de ceux qui sont sûrs que vous serez moine un jour. » Isengrin répliqua : « Je ne suis pas encore fixé sur mon sort, mais c'est bien possible. Quant à la nourriture, très cher maître, passez-la-moi prestement[2] ! » L'autre la lui donna, il s'en saisit et eut tôt fait

1. Les moines vivaient selon des principes très stricts dictés par saint Benoît (v. 480-v. 547) : la règle bénédictine.

2. ***Prestement*** : rapidement.

de l'engloutir. Il en aurait mangé bien davantage. Renart demanda : « Comment la trouvez-vous ? » Le glouton frémit, tout brûlant de convoitise :

« Vraiment, dit-il, seigneur Renart, Dieu vous le rendra. Donnez-m'en encore un morceau, très cher compère, pour m'inciter à faire partie de votre ordre.

– Par vos bottes, dit Renart toujours à l'affût d'un mauvais coup, si vous vouliez être moine, je vous prendrais comme directeur spirituel[1], car je sais bien que les seigneurs vous éliraient prieur ou abbé[2] avant la Pentecôte[3].

– Me faites-vous marcher ?

– Point du tout, cher seigneur, dit Renart. Sur ma tête, je me permets de vous le dire ; par les reliques* de saint Félix, il n'y aurait dans l'église aucun moine aussi beau que vous.

– Aurais-je beaucoup de poissons au point d'être remis de cette maladie qui m'a terrassé ? »

Et Renart de lui répondre : « Autant que vous pourrez en manger. Mais il faut vous faire raser, couper et tondre la barbe. » Isengrin se mit à gronder quand il entendit parler d'être rasé. « Ne tardons pas davantage, compère, dépêchez-vous de me raser. » Renart répondit : « Dans peu de temps, vous aurez une grande et large tonsure. Juste le temps de chauffer l'eau. »

Vous allez entendre maintenant une bonne plaisanterie : Renart mit l'eau sur le feu et la fit bouillir. Puis, revenu

1. ***Directeur spirituel*** : prêtre ou abbé chargé de donner des directives en matière de morale et de religion.

2. ***Prieur*, *abbé*** : directeurs de communauté de moines (prieuré ou abbaye*).

3. ***Pentecôte*** : fête religieuse qui a lieu sept semaines après Pâques.

sur ses pas, il fit passer la tête du loup par un guichet[1] de la porte. Isengrin tendit bien le cou. Renart, qui le prenait pour un parfait imbécile, lui renversa violemment l'eau bouillante sur la nuque. Quelle méchanceté ! Isengrin secoua la tête, montra les dents en faisant une horrible grimace. Il se recula en criant : « Renart, je suis mort ! Puisse-t-il vous arriver malheur aujourd'hui ! Vous m'avez fait une tonsure bien trop grande ! » Et Renart lui tira une langue longue de plus d'un demi-pied[2].

« Seigneur, vous n'êtes pas le seul. Tout le couvent la porte aussi grande.

– Je pense que tu mens, dit Isengrin.

– Pas du tout, seigneur, ne vous déplaise ! Cette première nuit il faut que vous soyez mis à l'épreuve : telle est la règle du saint ordre. »

Isengrin dit : « Bien volontiers. Je suivrai tous les commandements de l'ordre, n'ayez aucune crainte à ce sujet. » Et Renart reçut son serment selon lequel le loup ne lui ferait aucun mal et suivrait ses conseils. Il a fait tant et si bien qu'il l'[3]a complètement abruti.

[Branche III, vers 177-366.]

1. ***Guichet*** : petite ouverture.
2. Le ***pied*** est une ancienne unité de mesure de longueur valant environ trente-deux centimètres.
3. « L' » désigne Isengrin.

La pêche à la queue

Renart sortit de chez lui par une ouverture qu'il avait faite derrière la porte, et il se rendit aussitôt auprès d'Isengrin qui gémissait lamentablement d'avoir été rasé de si près : il ne lui restait plus ni peau ni poil. Sans plus tarder, tous deux partirent, Renart précédant Isengrin, jusqu'à ce qu'ils arrivent près d'un étang. C'était un peu avant Noël, à l'époque où l'on sale les jambons. Le ciel était clair et étoilé. L'étang où Isengrin devait pêcher était si gelé qu'on aurait pu y danser la farandole ; il n'y avait qu'un trou que les paysans avaient fait pour y mener chaque soir leur bétail se changer les idées et boire. Ils y avaient laissé un seau. Renart courut jusque-là ventre à terre et se retourna vers son compère :

« Seigneur, dit-il, approchez-vous. C'est ici que se trouve la foule des poissons, et l'instrument avec lequel nous pêchons anguilles, barbeaux[1] et autres bons et beaux poissons.

– Frère Renart, dit Isengrin, prenez-le donc par un bout et attachez-le-moi solidement à la queue. »

Renart prit le seau qu'il lui attacha à la queue du mieux qu'il put. « Frère, dit-il, vous devez maintenant rester bien sage, sans bouger, pour que les poissons viennent. » Là-dessus, il s'installa près d'un buisson, le museau entre les pattes, de façon à surveiller le loup. Voici Isengrin sur la glace et le seau dans l'eau qui commença à geler, à emprisonner le seau fixé à la queue. La queue fut scellée[2] à la

1. ***Barbeaux*** : poissons de rivière.
2. ***Scellée*** : fixée, collée.

glace. Isengrin essaya de se soulever et de tirer le seau vers lui à plusieurs reprises, dans l'espoir d'y réussir. Désemparé, inquiet, il se décida à appeler Renart, d'autant qu'il ne pouvait plus échapper aux regards : l'aube blanchissait déjà l'horizon. Renart releva la tête, regarda autour de lui : « Frère, dit-il, laissez donc votre ouvrage. Partons, mon très cher ami. Nous avons pris beaucoup de poissons. » Et Isengrin lui cria : « Renart, il y en a trop. J'en ai pris plus que je ne saurais le dire. » Renart se mit à rire et lui dit carrément : « On perd tout à vouloir tout gagner. »

La nuit s'achevait, l'aube parut. Les sentiers étaient blancs de neige : Monseigneur Constant des Granges, un riche châtelain qui demeurait à côté de l'étang, s'était levé, avec toute sa maisonnée, de fort joyeuse humeur. Au son du cor[1], il rassembla ses chiens ; il fit seller son cheval ; ses compagnons poussaient des cris et des clameurs. À ce bruit, Renart détala et courut se cacher dans sa tanière. Mais Isengrin resta en fâcheuse posture : il tira, il tira de toutes ses forces au risque de s'arracher la peau. Tandis qu'il se démenait, un serviteur survint au trot, avec deux lévriers[2] en laisse. À la vue d'Isengrin, il fonça vers lui : l'autre était complètement gelé sur la glace, la nuque pelée. Il l'examina de plus près et cria : « Le loup ! À l'aide, à l'aide ! »

À son appel, les veneurs[3] se précipitèrent de la maison et franchirent la clôture avec tous les chiens. Isengrin

1. ***Cor*** : instrument à vent en forme de trompe utilisé par les chasseurs et les soldats.

2. ***Lévriers*** : chiens de chasse.

3. ***Veneurs*** : chasseurs.

n'était pas à la noce car le seigneur Constant les suivait à bride abattue, en hurlant : « Pied à terre ! Lâchez les chiens, lâchez-les ! » Les valets détachèrent les chiens qui sautèrent sur le loup. Isengrin se hérissa de tous ses poils. Le chasseur excitait les chiens à grands cris. Isengrin se défendit vaillamment, jouant des crocs et des dents : que pouvait-il faire d'autre ? Il aurait mille fois mieux préféré la paix. Le seigneur Constant, l'épée levée, s'approcha de lui pour frapper juste. Il croyait atteindre la tête, mais le coup frappa ailleurs. L'épée descendit vers la queue qu'elle coupa au ras. Isengrin, quand il eut senti le coup, fit un saut de côté et s'éloigna, mordant tour à tour les chiens qui lui collaient au derrière. Mais sa queue resta en gage, il en fut profondément abattu. Pour un peu, le chagrin lui eût brisé le cœur ! Au sommet d'une colline, les chiens fourbus s'avouèrent vaincus. Isengrin aussitôt en profita pour déguerpir à toute allure vers le bois, sans cesser d'être sur ses gardes. Une fois arrivé, il jura qu'il se vengerait de Renart, son ennemi à jamais.

[Branche III, vers 367-510.]

Renart et Isengrin dans le puits

[Affamé, Renart s'est introduit dans la ferme d'une abbaye* et y a croqué quelques poules. Son repas lui a donné soif...]

Il y avait un puits au milieu de la cour. Le voyant, Renart s'y précipite, tout au désir d'apaiser sa soif ; mais impossible d'arriver jusqu'à l'eau.

Le voici donc au puits dont il découvre la largeur et la profondeur. Seigneurs, écoutez bien cette prodigieuse aventure ! Dans ce puits, il y a deux seaux : l'un remonte quand l'autre descend. Et Renart le malfaisant s'est appuyé sur la margelle[1], irrité, contrarié, perplexe… Soudain, s'avisant de regarder dans le puits et de contempler son reflet, il croit que c'est Hermeline, son épouse bien-aimée, qui se trouve logée à l'intérieur. Troublé et mécontent, il lui demande avec rudesse : « Dis-moi, que fais-tu là-dedans ? » L'écho de sa voix remonte. Renart l'entend ; il redresse la tête, il appelle Hermeline une autre fois, et l'écho recommence à monter. Stupéfait d'entendre cette voix, Renart met les pattes dans un seau et, sans même s'en rendre compte, le voici qui descend. Vraiment, quelle fâcheuse aventure ! Une fois dans l'eau, il découvre son erreur.

Renart s'est fourré dans un drôle de pétrin : c'est un coup des démons ! Il se retient à une pierre, il préférerait être à six pieds sous terre… Le malheureux souffre le martyre. C'est le moment de pêcher à la ligne, mais personne ne pourrait le dérider[2]. Ah, il ne donnerait pas deux sous de son intelligence !

Or, seigneurs, au même moment, cette même nuit, à la même heure, Isengrin quittait sans s'attarder une vaste lande, en quête de nourriture, pressé par une faim cruelle. De fort méchante humeur, il se dirige vers la maison des moines où il se rend au triple galop. Il trouve l'endroit dévasté. « C'est le pays des démons, dit-il, puisqu'on ne peut trouver ni nourriture, ni rien à sa convenance ! » Il fait

---

1. ***La margelle*** : le rebord.
2. ***Le dérider*** : le faire rire.

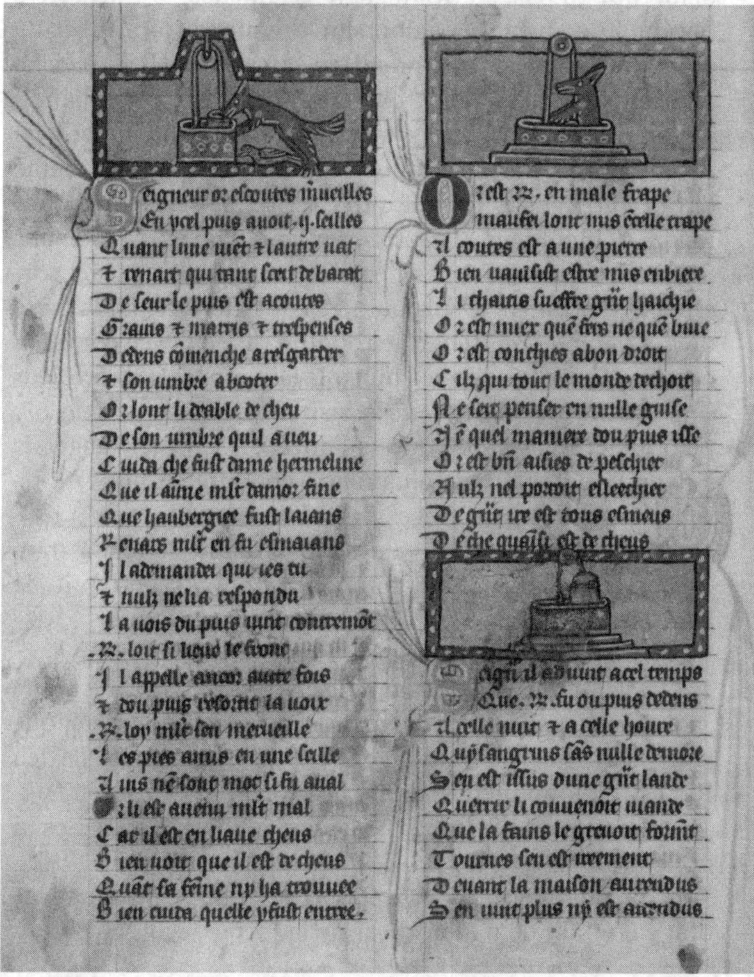

■ Renart s'introduit dans le puits. Manuscrit du *Roman de Renart* (Moyen Âge, sans date).

demi-tour au pas, au trot il gagne le guichet ; le voici arrivé devant le couvent au galop. En chemin, il tombe sur le puits où Renart le roux prend du bon temps. Il se penche au-dessus du puits, irrité, contrarié, perplexe… Soudain, il s'avise de regarder dans le puits et de contempler son reflet : plus il le voit et plus il le fixe, exactement comme l'avait fait Renart. Il croit que c'est dame Hersant qui est logée à l'intérieur du puits en compagnie de Renart. Sachez qu'il n'en fut pas heureux et qu'il dit : « Quel sort cruel que le mien ! Je suis outragé et déshonoré par la faute de ma femme que Renart le rouquin m'a enlevée et qu'il a entraînée avec lui dans ce puits. Il faut être un sacré voleur sans foi ni loi, pour traiter ainsi sa commère[1], et je n'y peux rien ! Mais si je pouvais l'attraper, je m'en vengerais si bien que je n'aurais plus rien à craindre de lui. » Alors, il hurle de toutes ses forces […] et l'écho remonte.

Pendant qu'Isengrin se désolait, Renart se tenait tranquille. Il le laissa hurler un moment, puis entreprit de l'appeler :

« Quelle est cette voix, mon Dieu, qui m'appelle ?

– Dis, qui es-tu ? demande Isengrin.

– C'est moi, votre bon voisin, jadis votre compère, que vous chérissiez plus qu'un frère. Mais on m'appelle feu Renart[2], moi qui étais maître ès ruses[3].

– Je respire, dit Isengrin. Depuis quand, Renart, es-tu donc mort ?

– Depuis l'autre jour, répond le goupil. Personne ne doit s'étonner de ma mort car de la même façon mourront

1. ***Commère*** : voir note 1, p. 34.
2. ***Feu Renart*** : Renart qui est mort.
3. ***Maître ès ruses*** : grand spécialiste en ruses.

tous les vivants. Il leur faudra passer de vie à trépas[1] au jour voulu par Dieu. À présent, mon âme est entre les mains du Seigneur qui m'a délivré du calvaire de ce monde. Je vous en supplie, mon très cher compère, pardonnez-moi de vous avoir mécontenté l'autre jour.

– J'y consens, dit Isengrin. Que toutes ces fautes vous soient pardonnées, compère, dans ce monde et dans l'autre ! Mais votre mort m'afflige.

– Moi, au contraire, dit Renart, j'en suis ravi.

– Tu en es ravi ?

– Oui, vraiment, par ma foi.

– Cher compère, dis-moi pourquoi.

– Parce que, si mon corps repose dans un cercueil, chez Hermeline, dans notre tanière, mon âme est transportée en paradis, déposée aux pieds de Jésus. Compère, je suis comblé, je n'eus jamais une once d'orgueil[2]. Toi, tu es dans le monde terrestre ; moi, je suis dans le paradis céleste. Ici, il y a des prés, des bois, des champs, des prairies. Ici, il y a d'immenses richesses, ici, tu peux voir de nombreuses vaches, une foule de brebis et de chèvres, ici, tu peux voir quantité de lièvres, de bœufs, de vaches, de moutons, des éperviers, des vautours et des faucons… »

Isengrin jure par saint Sylvestre qu'il voudrait bien s'y trouver.

« N'y compte pas, dit Renart. Il est impossible que tu entres ici. Bien que le paradis soit à Dieu, tout le monde n'y a pas accès. Tu t'es toujours montré fourbe[3], cruel,

---

1. ***Trépas*** : mort.
2. ***Une once d'orgueil*** : le moindre orgueil.
3. ***Fourbe*** : trompeur et méchant.

traître et trompeur. Tu m'as soupçonné au sujet de ta femme : pourtant, par la toute-puissance divine, je ne lui ai jamais manqué de respect. J'aurais dit, affirmes-tu, que tes fils étaient des bâtards. Je ne l'ai pas pensé une seconde. Au nom de mon créateur, je t'ai dit maintenant l'entière vérité.

– Je vous crois, dit Isengrin, et je vous pardonne sans arrière-pensée, mais faites-moi pénétrer en ce lieu.

– N'y compte pas, dit Renart. Nous ne voulons pas de disputes ici. Là-bas, vous pouvez voir la fameuse balance. »

Seigneurs, écoutez donc ce prodige ! Du doigt, il lui désigne le seau et se fait parfaitement comprendre, lui faisant croire qu'il s'agit des plateaux à peser le Bien et le Mal.

« Par Dieu, le père spirituel, la puissance divine est telle que, lorsque le bien l'emporte, il descend vers ici tandis que tout le mal reste là-haut. Mais personne, s'il n'a reçu l'absolution[1], ne pourrait en aucune façon descendre ici, crois-moi. T'es-tu confessé de tes péchés ?

– Oui, dit l'autre, à un vieux lièvre et à une chèvre barbue, en bonne et due forme et fort pieusement. Compère, ne tardez donc plus à me faire pénétrer à l'intérieur ! »

Renart se met à le considérer : « Il nous faut donc prier Dieu et lui rendre grâce très dévotement pour obtenir son franc pardon et le pardon de vos péchés : de cette façon, vous pourrez entrer ici. »

1. ***L'absolution*** : le pardon des péchés, officiellement prononcé par un prêtre.

Isengrin, brûlant d'impatience, tourna son cul vers l'Orient et sa tête vers l'Occident[1]. Il se mit à chanter d'une voix de basse et à hurler très fort. Renart, l'auteur de maints[2] prodiges, se trouvait en bas dans le second seau qui était descendu. Il avait joué de malchance en s'y fourrant. À Isengrin de connaître bientôt l'amertume.

« J'ai fini de prier Dieu, dit le loup.

– Et moi, dit Renart, je lui ai rendu grâce. Isengrin, vois-tu ce miracle ? Des cierges brûlent devant moi ! Jésus va t'accorder son pardon et une très douce rémission[3]. »

Isengrin, à ces mots, s'efforce de faire descendre le seau à son niveau et, joignant les pieds, il saute dedans. Comme il était le plus lourd des deux, il se met à descendre. Mais écoutez leur conversation ! Quand ils se croisent dans le puits, Isengrin interpelle Renart : « Compère, pourquoi t'en vas-tu ? » Et Renart lui répond : « Pas besoin de faire grise mine. Je vais vous informer de la coutume : quand l'un arrive, l'autre s'en va. La coutume se réalise. Je vais là-haut au paradis tandis que toi, tu vas en enfer en bas. Me voici sorti des griffes du diable et tu rejoins le monde des démons. Te voici au fond de l'abîme, moi j'en suis sorti, sois-en persuadé. Par Dieu, le père spirituel, là en bas, c'est le royaume des diables. »

Dès que Renart revient sur terre, il retrouve son ardeur guerrière. Isengrin est dans un drôle de pétrin. S'il avait

---

1. Dans la religion catholique, on priait généralement en direction de l'Orient : donc le loup se trompe et montre son derrière à Dieu qu'il invoque !

2. ***Maints*** : nombreux.

3. ***Rémission*** : pardon des péchés.

été capturé devant Alep[1], il aurait été moins affligé qu'en se retrouvant au fond du puits.

[Branche IV, vers 145-380.]

1. ***Alep*** : ville de Syrie que les croisés ne parvinrent pas à prendre (voir « croisades » dans le lexique, p. 125).

QUAND LES TOURS SE COMPLIQUENT

Renart et Chantecler le coq

Il arriva que Renart, ce vaurien qui avait toujours plus d'un tour dans son sac, se dirigea vers une ferme, située dans un bois. Elle abritait des quantités de poules et de coqs, de canes et de canards, de jars et d'oies. Le jardin était bien clos de gros pieux de chêne pointus, renforcés de buissons d'aubépine : impossible d'en venir à bout, même en se cachant ou en sautant. Il ne voulait pas pour autant renoncer aux poules.

Il s'accroupit au milieu du chemin, il s'agite, il tend le cou de tous côtés. Il calcule que, s'il saute, comme il retombera d'une certaine hauteur, on le verra et les poules iront se tapir sous les ronces. Il ne cesse de s'aplatir puis de se redresser. Or voici qu'à l'angle de la clôture il aperçoit un pieu brisé qui lui permet de se glisser à l'intérieur. En face de cette brèche[1], le paysan avait planté des choux. Renart

1. ***Brèche*** : ouverture.

s'en approche, il traverse la clôture et se laisse tomber comme une masse pour ne pas être vu. Mais les poules tendent le cou, car elles l'ont aperçu au moment de sa chute, et chacune s'empresse de fuir.

Messire Chantecler, le coq, dans un sentier voisin du bois, s'étant glissé entre deux pieux par la rigole[1], s'était juché sur un tas de fumier. Il va au-devant d'elles, fier et majestueux, les pattes emplumées, le cou dressé, et il leur demande pourquoi elles s'enfuient vers la maison. C'est Pinte qui parle, Pinte la plus savante, Pinte qui pond les gros œufs et se perche à la droite du coq. Elle lui dépeint la situation :

« Nous avons eu peur.

– Pourquoi ? Qu'avez-vous vu ?

– Je ne sais quelle bête sauvage qui ne tardera pas à nous faire du mal si nous ne vidons ces lieux.

– Ce n'est rien du tout, je vous l'assure, dit le coq, n'ayez aucune crainte : ici, vous êtes en sûreté.

– Par ma foi, reprit Pinte, je l'ai vu. Je vous le jure, je l'ai bel et bien vu.

– Et comment l'avez-vous vu ?

– Comment ? J'ai vu la clôture remuer, et les feuilles du chou trembler à l'endroit où se tient celui qui est tapi.

– Pinte, dit-il, n'insistez pas. Vous n'avez rien à craindre, je vous le dis car, par la foi que je vous dois, je ne connais pas de putois ni de goupil assez audacieux pour pénétrer dans le potager. C'est une plaisanterie. Retournez où vous étiez. »

Chantecler se dirige alors vers son tas de fumier sans nulle crainte de goupil ou de chien. Il est tout à fait serein, dans l'ignorance de ce qui lui pend au nez. Il ne s'inquiète

1. ***Rigole*** : petit fossé où coule un ruisseau.

pas : quelle folie ! Un œil ouvert et l'autre fermé, une patte repliée et l'autre tendue, il se poste à côté d'un toit. Une fois en place, en volatile las de chanter et de veiller, il sombre dans le sommeil. Pendant qu'il s'abandonne aux délices du sommeil, il se met à rêver. Ne me prenez pas pour un menteur, si je vous dis qu'il rêve que je ne sais quelle chose se trouve à l'intérieur de la cour pourtant bien fermée et qu'elle s'approche – lui semble-t-il – de lui : il en est tout frissonnant. Cette chose porte une pelisse [1] rousse, avec une bordure faite d'os, et elle la lui enfile de force sur le dos. […] Ce songe le fait sursauter, car il se croit en mauvaise posture. S'éveillant tout à fait, le coq dit : « Saint Esprit, empêche qu'aujourd'hui on ne me fasse prisonnier et garde mon corps sain et sauf ! » Alors, à vive allure, il s'en retourne, très préoccupé, vers les poules blotties sous les buissons d'aubépine. Il ne s'arrête pas avant de les avoir rejointes. Il appelle Pinte qui a toute sa confiance et l'emmène à l'écart :

« Pinte, inutile de te le cacher : je suis affreusement triste et bouleversé. Je redoute d'être surpris par un oiseau ou une bête sauvage qui peut bientôt nous faire du mal.

– Eh là ! fait Pinte, mon cher seigneur vous ne devez pas parler de la sorte. C'est mal de nous effrayer. Je vais vous dire quelque chose, approchez-vous. Vous ressemblez au chien qui aboie avant d'avoir reçu la pierre. Pourquoi cet effroi ? Dites-moi donc ce qui vous arrive.

– Quoi ? dit le coq ; vous ne savez pas que j'ai fait un rêve étrange, près de ce trou là-bas, à côté de la grange.

– Ah ! quelle horrible vision ! – ce qui explique que vous me voyez si pâle. Je vais vous raconter mon rêve d'un

---

1. ***Pelisse*** : manteau doublé de fourrure.

bout à l'autre sans omettre le moindre détail. Sauriez-vous m'éclairer de vos conseils ? Il me sembla, tandis que je dormais, que survenait je ne sais quelle bête : elle portait une tunique rousse, parfaitement ajustée sans qu'il y ait eu besoin de ciseaux et elle me la faisait revêtir de force. L'encolure était bordée d'os, d'une blancheur parfaite, mais fort dure. Toute de travers, étroite, elle me gênait beaucoup. Le poil était tourné vers l'extérieur. Cette pelisse ainsi arrangée, je la revêtais par l'encolure mais je n'y restais pas longtemps. À peine l'avais-je enfilée que j'en sortais à reculons, m'apercevant alors, à ma grande stupéfaction, que la queue se trouvait sur le dessus ! Je suis venu vers vous, tout désorienté. Pinte, ne vous étonnez pas de me voir frémir et trembler. Dites-moi plutôt ce que vous pensez de ce rêve qui m'accable. Par la foi[1] que vous me devez, savez-vous ce qu'il signifie ? »

Pinte, en qui il avait toute confiance, répond : « Vous m'avez raconté votre rêve. S'il plaît à Dieu, c'est un tissu de mensonges. Néanmoins, je veux bien vous l'expliquer car je me sens capable de répondre à vos questions. Cette chose que vous avez vue durant votre sommeil, revêtue d'une pelisse rousse et qui vous troublait de la sorte, c'est le goupil, j'en suis sûre et certaine. Ce qui le prouve, c'est la pelisse rousse qu'il vous enfilait de force. La bordure faite de petits os, ce sont ses dents dont il se servira pour vous happer. L'encolure qui n'était pas droite, et qui vous faisait mal parce qu'elle était trop étroite, c'est la gueule de la bête qui vous serrera la tête : c'est par là que vous entrerez et que vous enfilerez la pelisse, c'est sûr. Et cette

1. ***Par la foi*** : au nom de la fidélité.

queue dressée en l'air ? Par tous les saints de la chrétienté, étant donné que le goupil vous attrapera par le cou quand il viendra, sa queue sera, par conséquent, sur le dessus. Voilà ce qui arrivera, aussi sûr que je demande l'aide de Dieu. Ni l'or ni l'argent ne vous seront d'aucun secours. Quant au poil tourné vers l'extérieur, la vérité est que le goupil porte toujours sa peau avec les poils rebroussés, même quand il pleut à verse. Maintenant, vous connaissez parfaitement la signification de votre rêve. En vérité, je vous le dis : avant que vous n'ayez vu passer l'heure de midi, cela vous adviendra, c'est la stricte vérité. C'est pourquoi, si vous vouliez me croire, vous retourneriez sur vos pas car le goupil est caché ici derrière, dans ce buisson, j'en suis certaine, pour vous surprendre et vous tromper. »

Après avoir entendu l'explication que Pinte donnait à son rêve, Chantecler dit :

« Pinte, tu es complètement folle. Tu m'insultes en prétendant que je serai surpris et que la bête est déjà dans le potager pour m'emporter de force ! Maudit soit celui qui jamais le croira ! Tu ne m'as rien dit de sérieux. Jamais je ne croirai – je touche du bois ! – que ce rêve puisse me porter malheur.

– Sire, dit-elle, que Dieu vous accorde d'avoir raison ! Mais si les choses ne se passent pas comme je vous l'ai dit, je consens, sans conteste, à ne plus jamais être votre amie.

– Pinte, dit-il, la discussion est close ! »

Comme il ne prend pas le rêve au sérieux, il s'en retourne vers son tas de fumier se chauffer au soleil et puis il se remet à sommeiller. Quand Renart est sûr de son coup (jugez de son extrême prudence et de son extraordinaire habileté), quand il voit que l'autre dort, il s'approche de lui sans plus attendre – ce Renart qui estropie tout le monde et connaît tant de méchants tours. Un pas, puis un autre, sans se presser, il avance tête baissée.

Renart n'a pas plus tôt aperçu Chantecler qu'il veut le happer. Il manque son coup, faute de patience, et Chantecler saute de côté. Le coq n'a pas de peine à reconnaître Renart et il se réfugie sur le fumier. Devant cet échec, Renart peste contre sa malchance, puis aussitôt il cherche le moyen de tromper Chantecler car, s'il ne le mange pas, alors il aura perdu son temps. « Chantecler, dit Renart, ne te sauve pas, n'aie pas peur ! Je me réjouis de te voir bien portant car tu es mon cousin germain. » Rassuré, Chantecler lance une joyeuse chanson. Et Renart dit encore à son cousin : « Te souviens-tu de Chanteclin, ton bon père qui t'engendra ? Aucun coq ne put jamais égaler son chant qui s'entendait à plus d'une lieue[1]. Il atteignait des notes très aiguës – avec quel souffle ! – les yeux fermés, la voix puissante. Ah ! il ne voyait

© BNF/Roger-Viollet

■ Miniature du *Roman de Renart*, XIVe siècle.

1. La ***lieue*** est une ancienne mesure de distance valant environ quatre kilomètres.

pas loin quand il chantait couplets et refrains ! » Chantecler dit :

« Cousin Renart, vous cherchez à m'attraper par ruse ?

– Non, non, dit Renart, pas du tout ! Mais chantez donc en fermant les yeux. »

Chantecler dit : « Éloigne-toi un peu plus de moi et je te chanterai une chanson. Il n'y aura personne dans le voisinage qui n'entende ma voix de fausset[1]. » Ces paroles firent sourire Renart : « Allez-y, chantez bien haut, cousin ! » Chantecler se met alors à lancer des notes aiguës, puis un cocorico, un œil fermé, l'autre ouvert, tant sa peur de Renart est grande. Souvent, il regarde de son côté. Renart dit : « C'est tout ? Avec Chanteclin, c'était bien autre chose ! Il chantait longtemps, les yeux fermés. On l'entendait bien à vingt fermes à la ronde. » Chantecler le croit. Aussi s'abandonne-t-il à sa mélodie, fermant les yeux, de toutes ses forces. Sans vouloir attendre davantage, Renart saute de dessous un chou rouge, saisit le coq par le cou et prend la fuite, ravi d'être tombé sur une proie. Lorsque Pinte voit que Renart emporte Chantecler, elle s'afflige devant ce spectacle, disant : « Seigneur, je vous avais prévenu et pourtant vous ne cessiez de vous moquer de moi, et vous me traitiez de folle. Pauvre malheureuse que je suis, c'en est fini de moi puisque, en perdant mon seigneur et mari, j'ai perdu à jamais mon rang ! »

La brave fermière ouvre la porte de son jardin. En effet, comme le soir tombe, elle veut faire rentrer ses poules. Elle appelle Pinte, Bise et Rosette : aucune ne rentre. Ne les voyant pas arriver, elle se demande ce qu'elles peuvent

1. ***Voix de fausset*** : voix très aiguë.

faire. Elle s'époumone à appeler son coq, lorsqu'elle voit Renart qui l'enlève. Alors elle s'avance pour le secourir, mais le goupil se met à courir. Quand elle voit qu'elle ne réussira pas à l'attraper, elle décide de crier.

« Au secours ! » hurle-t-elle. Les paysans, qui jouent au ballon quand ils entendent ses cris, se précipitent tous vers elle et lui demandent ce qui lui arrive.

[La fermière raconte aux paysans comment Renart a attaqué son poulailler. Ils s'élancent alors à la poursuite du voleur.]

À force de courir, ils l'aperçoivent enfin. Et tous de s'écrier : « Le voilà ! » Or Chantecler a compris que, s'il veut se tirer d'affaire, il doit trouver une ruse.

« Comment, dit-il, seigneur Renart, n'entendez-vous donc pas toutes les injures que vous lancent ces paysans ? Constant vous talonne, lancez-lui donc un de vos bons mots en passant cette porte. Quand il dira : "Renart l'emporte !" vous pouvez lui rétorquer : "Bien malgré vous !" Rien ne pourrait le mortifier [1] davantage. » Aucun sage n'est à l'abri d'une folie. Renart, le trompeur universel, fut, cette fois-là, bel et bien trompé. Il cria d'une voix forte : « C'est bien malgré vous si j'emporte ma part de celui-ci ! » Lorsque Chantecler sentit les mâchoires se desserrer, il battit des ailes et s'empressa de fuir. Il s'envola sur un pommier tandis que Renart restait en bas sur un tas de fumier, grognon, penaud et dépité d'avoir laissé échapper sa proie. Chantecler lui rit au nez : « Renart, que dites-vous de cela ? Que pensez-vous de notre monde ? » Le coquin frémit, trembla et lui lança avec méchanceté :

1. ***Mortifier*** : vexer, humilier.

Des animaux pour critiquer les défauts des hommes *

Par le biais de l'anthropomorphisme, qui consiste à attribuer à des animaux des caractéristiques humaines, auteurs et illustrateurs ont pris plaisir à dénoncer les défauts des hommes, tout en évitant la censure. Au fil des siècles, ils ont prêté à chaque animal les mêmes traits de caractère : ainsi le renard est-il le plus souvent fourbe et malicieux, la souris modeste, le rat opportuniste, et le lion majestueux.

◀ Grandville (1803-1847), illustration de la fable « Les Animaux malades de la peste », *Fables*, La Fontaine, éd. Fournier et Perrotin (1838). Dans la gravure ci-contre, le lion tient conseil alors que la peste frappe la communauté des animaux. La posture du monarque, qui écoute ses compères avec nonchalance, accoudé sur le bras de son fauteuil, et les accessoires dont sont affublés ces derniers (chapeaux, turbans, capes...) renforcent le caractère exemplaire de l'illustration, qui vise à servir la morale de l'auteur. Grandville prend ici le parti de représenter l'aspect comique de la fable, qui éduque grâce au rire, plutôt que sa conclusion sombre et cynique : l'âne, parce qu'il est en position de faiblesse, sera désigné responsable du fléau et châtié.

▲ **Ralph Steadman, illustration de *La Ferme des animaux* de George Orwell, éd. Harcourt Brace, 1995.** En 1995, l'illustrateur britannique Ralph Steadman (né en 1936) illustre la célèbre *Ferme des animaux* (1945) de George Orwell (1903-1950), à l'occasion du cinquantième anniversaire de sa parution. Dans ce court roman, les animaux d'une ferme se révoltent contre la domination des hommes et prennent le pouvoir. Cette fable animalière constitue une satire du totalitarisme, et plus spécifiquement du régime soviétique dans la première moitié du XXe siècle.

* Voir Dossier, p. 165-166.

Art Spiegelman, planche de *Maus. Un survivant raconte*, Flammarion, 1987, t. I, « Mon père saigne l'histoire », p. 51.

Art Spiegelman, auteur de bande dessinée américain né en 1948, compose dans les années 1970-1980 son œuvre phare, *Maus. Un survivant raconte*, qui traite de la persécution des Juifs et de la Shoah des années 1930 à 1940. L'auteur transpose en bande dessinée le récit de la vie de son père, survivant des camps de la mort, dans un univers animalier, où les nazis sont représentés par des chats et les Juifs par des souris. Ce titre reçoit le prix Pulitzer en 1992.

Le Roman de Renart et les métiers au Moyen Âge *

Le Roman de Renart offre une véritable source documentaire sur la vie médiévale, en particulier à travers les différents métiers exercés par le goupil. À cette époque les métiers sont généralement organisés en corporations – associations de personnes exerçant la même profession sous l'Ancien Régime –, qui ont chacune leur saint patron.

◀ **Teinturiers dans un atelier, miniature issue du *Livre des propriétés des choses* de Bartholomeus Anglicus (v. 1482-1500).**
Les teinturiers (voir « Renart teinturier », p. 105), souvent appelés « ongles bleus » en raison de la couleur que prennent leurs mains lorsqu'ils manipulent des pigments, constituent l'une des corporations les plus actives des métiers du textile. Le rinçage des étoffes devant s'effectuer dans des cours d'eau propres, les teinturiers exercent leur profession à l'écart de la ville. Dans une société très croyante, leurs activités (qui impliquent de mélanger différents colorants, en y ajoutant parfois de la cendre) sont assimilées à des opérations infernales qui vont à l'encontre de la nature créée par Dieu. Les teinturiers pratiquent en cela un métier suspect !

▶ **Détail représentant un jongleur, illustration issue du *Graduel de la cathédrale Saint-Étienne de Toulouse* (XIe siècle).**
Au Moyen Âge, le jongleur (voir « Renart jongleur », p. 108) est un poète-musicien qui va de village en village réciter des vers, en s'accompagnant d'un instrument. Alors que les troubadours et trouvères sont les auteurs des textes qu'ils interprètent, les jongleurs déclament le plus souvent des histoires inventées par d'autres, même s'ils s'autorisent parfois quelques variantes dans leur récitation. Les jongleurs s'expriment dans une langue connue du peuple, ancien français ou langues régionales, à la différence des clercs, qui rédigent leurs textes en latin, la langue des savants, et méprisent d'ailleurs bien souvent le métier de jongleur.

* Voir Dossier, p. 166.

La médecine médiévale est un art complexe, qui mêle science, magie et religion (voir « Renart médecin », p. 119). Il arrive que les décoctions proposées, parfois tout à fait fantaisistes, et les pratiques, telles que la saignée, fassent plus de mal que de bien aux patients. Dès la fin du XIe siècle, l'apport de nouveaux ingrédients plus coûteux dans les préparations médicinales creuse l'écart entre la médecine des riches et celle des pauvres.

▲ Le Dauphin Louis, fils de Philippe II, gisant malade sur son lit, enluminure issue des *Grandes Chroniques de France* (v. 1335-1340).

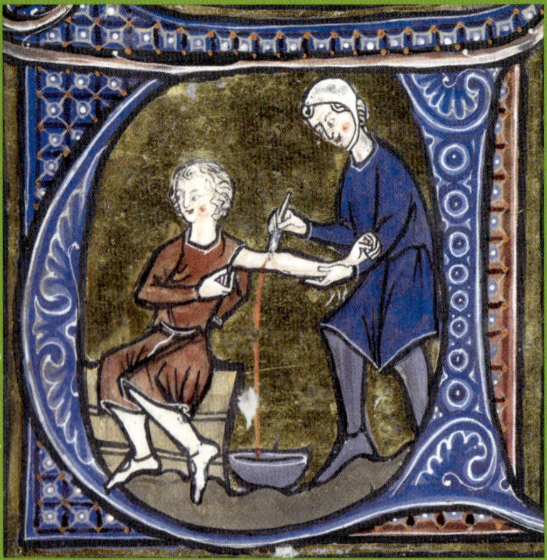

◄ Un médecin pratiquant une saignée sur un patient, miniature issue du *Livres dou Sante* (v. 1250-1300).

« Maudite soit la bouche qui s'avise de faire du bruit alors qu'il lui convient de se taire ! [...]

– Cousin Renart, dit Chantecler, personne ne peut vous faire confiance. La peste soit de votre parenté[1]. Il a failli m'en cuire[2]. Parjure[3] que vous êtes, déguerpissez ! Si vous vous attardez ici, vous y laisserez votre pelisse ! »

Insensible à ce bavardage, Renart juge inutile d'en dire plus et s'en retourne sans prendre le temps de se reposer, affamé, sans force. À travers des broussailles qui bordent un champ, il prend la fuite en suivant un sentier.

[Branche II, vers 23-465.]

Renart et la mésange

Au comble de la tristesse, Renart se lamente : le coq lui a échappé sans qu'il s'en soit rassasié.

Tandis qu'il se plaint de cette tromperie, voici que survient une mésange, sur la branche d'un chêne creux où elle avait caché ses œufs. Renart la voit et la salue :

« Ma commère[4], soyez la bienvenue. Descendez donc m'embrasser !

– Renart, dit-elle, taisez-vous. Vous seriez réellement mon compère si vous n'étiez une telle canaille. Mais vous

---

1. ***La peste soit de votre parenté*** : maudite soit votre race (les goupils).
2. ***Il a failli m'en cuire*** : cela a failli me coûter cher.
3. ***Parjure*** : personne qui viole son serment.
4. ***Commère*** : voir note 1, p. 34. Comme il le dit ensuite (p. 66, l. 15), Renart est le parrain du fils de la mésange.

avez dupé tant d'oiseaux, tant de biches, qu'on ne sait plus à quoi s'en tenir avec vous. Où croyez-vous que cela vous conduise ? Les diables vous ont tant corrompu qu'il est devenu impossible de vous croire.

– Dame, répond le goupil, aussi vrai que votre fils est réellement mon filleul par un authentique baptême, jamais je ne vous ai donné aucune raison de vous plaindre de moi. Et savez-vous pourquoi ? Il est juste que nous vous le disions. Messire Noble, le lion, a maintenant proclamé partout la paix et, s'il plaît à Dieu, ce sera pour longtemps. Il l'a fait jurer à travers son royaume et il a fait promettre à ses vassaux* de la respecter et de la maintenir. Les petites gens s'en réjouissent car voici venu le moment où, en de nombreux pays, s'apaiseront les querelles, les conflits et les guerres meurtrières. Et les bêtes, petites ou grandes, Dieu soit loué ! seront bien tranquilles. »

La mésange répond alors : « Renart, vous êtes en train de me tromper. Mais, s'il vous plaît, cherchez quelqu'un d'autre car, moi, vous ne m'embrasserez pas d'aujourd'hui. Vous aurez beau parler, je ne vous accorderai pas ce baiser. »

Renart, voyant que la commère refuse de croire son compère, reprend :

« Dame, écoutez-moi, de grâce ! Si je vous fais peur, je vous donnerai un baiser les yeux fermés.

– Par ma foi, dit-elle, j'y consens. Fermez donc les yeux ! »

L'autre s'exécute. La mésange prend une grosse poignée de mousse et de feuilles. Comme elle n'a aucune envie de l'embrasser, elle lui en frotte la moustache et, au moment où Renart s'imagine l'attraper, ses dents ne prennent qu'une feuille accrochée à la moustache. La mésange lui crie : « Eh ! Renart, la belle paix que voilà ! Encore un peu et vous rompiez la trêve si je ne m'étais pas reculée ! Vous disiez que la paix était officiellement proclamée. Votre souverain ne l'a pas bien conclue. » Renart se met à rire dans un glapissement :

« En vérité, je plaisantais. J'ai voulu vous faire peur. Mais qu'importe ! Recommençons. Je vais fermer les yeux une autre fois.

– Alors, dit-elle, restez tranquille ! »

L'autre, le roi des tricheurs, ferme les yeux. La mésange s'approche de son museau, le frôle, mais elle se garde d'y entrer. Renart, une fois de plus, a donné un coup de dent, croyant la happer : nouvel échec ! « Renart, fait-elle, qu'est-ce que cela signifie ? Je ne pourrai plus jamais vous croire. Comment cela serait-il possible ? Si je vous fais encore confiance, que l'enfer me brûle ! » Renart dit : « Quelle peureuse vous faites ! Je voulais simplement vous effrayer et vous mettre à l'épreuve car, en vérité, je n'ai nullement l'intention de vous trahir ni de vous tromper. Mais recommencez donc encore une fois ! La troisième fois, c'est la bonne. Au nom de la charité divine, au nom du bien et du vrai, ma chère commère, levez-vous ! Par la foi que vous me devez et par celle que vous devez à mon filleul qui gazouille là, sur ce tilleul, faisons la paix. Tout pécheur mérite miséricorde[1]. » Mais elle fait la sourde oreille car elle n'est ni folle, ni stupide : au lieu de l'écouter, elle se perche sur la branche d'un chêne.

Tandis que Renart plaide ainsi sa cause, voici que des chasseurs, des valets de chiens et des sonneurs de cors[2] lui

---

1. ***Miséricorde*** : pardon.
2. ***Cors*** : voir note 1, p. 48.

sont tombés dessus. Renart n'en revient pas. Il se dispose à fuir, redressant la queue en arc. Les valets hurlent, trompes et cors résonnent, et Renart prend la poudre d'escampette, car il leur fait peu confiance. Et la mésange lui lance : « Renart, voilà un accord bien vite rompu, tout comme cette paix dont vous parliez. Où fuyez-vous ? Revenez donc ici ! » Renart, qui était habile et sage, s'en tire par une pirouette. Il s'éloigne tout en parlant :

« Dame, la trêve a été bien jurée, confirmée, signée, et même la paix. Mais on ne le sait pas partout. Ce sont de jeunes chiens qui nous arrivent et cette paix, que leurs pères respectent déjà, ils ne l'ont pas encore jurée : ils étaient encore trop jeunes pour participer à la cérémonie le jour où leur père et leur grand-père ont juré la paix.

– Vraiment, vous avez l'esprit mal tourné. Les croyez-vous capables d'enfreindre la paix ? Revenez ici et embrassez-moi !

– Je n'en ai pas le temps maintenant ! »

Renart préfère en rester là, et il s'enfuit en familier des chemins de traverse. Mais voici que survient un moine qui tenait en laisse deux molosses[1]. [...] Renart, sans perdre un instant, des éperons pousse à fond son cheval. Par un sentier, le long d'un vallon, il traverse une plaine au galop. Les cris, qui redoublent derrière lui, lui font accélérer l'allure. Il atteint une route, la traverse, franchit un large fossé. Là, les chiens abandonnent car ils ont perdu sa trace. Et Renart, si habile à donner le change, n'attend pas son reste car il redoute fort les morsures des mâtins[2]. Rien d'étonnant s'il est exténué : il a, ce jour-là, couru tant et

1. ***Molosses*** : voir note 5, p. 38.
2. ***Mâtins*** : gros chiens.

plus mais il a joué de malchance. Qu'importe ? Le voici maintenant en lieu sûr. Comme il a souffert par manque de chance !

[Branche II, vers 466-662.]

[Renart redouble de malchance : il rencontre son ennemi Tibert le chat et tente de l'attirer dans un piège qu'il aperçoit sur le chemin. Mais c'est Renart lui-même qui tombe dans le piège et se blesse la patte.]

Renart et Tiécelin le corbeau

Entre deux collines, dans une plaine, juste au pied d'une montagne, à droite, en amont d'une rivière, Renart voit un endroit très beau et peu fréquenté où se dresse un hêtre.

Il traverse la rivière pour aller tout droit au pied de l'arbre, il se couche, sur l'herbe fraîche, s'y prélasse, s'étire : le voilà descendu dans une bonne auberge ! Il n'a nulle envie d'en changer pourvu qu'il y trouve de quoi manger. Cette halte le comble de joie. Au contraire, Tiécelin le corbeau, qui n'a rien mangé de la journée, ne se soucie pas de flâner. La nécessité lui a fait quitter le bois et, fendant les airs, il est venu à un enclos discrètement, en tapinois, impatient de passer à l'attaque. Il voit des fromages, un millier, qu'on a mis à sécher au soleil. La femme chargée de les garder était entrée chez elle. Tiécelin, quand il découvre cette aubaine[1], s'élance. Il en prend un : pour le lui reprendre, la vieille se précipite au milieu de la rue. Elle voit Tiécelin et lui jette des cailloux et des pierres tout en criant : « Voyou, tu ne l'emporteras pas en paradis ! » Tiécelin la voit dans tous ses états : « La vieille, réplique-t-il, j'ai eu tout le temps de le prendre : mauvaise garde nourrit le loup. Surveillez mieux les autres ! Quant à celui-ci, vous ne le reverrez plus : je vais plutôt en blanchir mes moustaches avec entrain et allégresse. J'ai couru le risque de le prendre en le voyant tendre, crémeux, parfumé. Voilà ce que j'ai obtenu de votre amitié. Si je parviens à le transporter jusqu'à mon nid, je le mangerai tout à mon aise ou cuit à l'eau ou bien rôti. »

Alors il s'en retourne et va directement à l'endroit où se trouve Renart. Un véritable rendez-vous, Renart en bas et l'autre au-dessus, avec cependant cette différence que l'un s'empiffre et que l'autre bâille de faim. Dans le fromage fait à cœur, Tiécelin frappe à grands coups de bec tant et si bien qu'il l'entame. Il en a mangé, malgré la dame qui lui a lancé tant d'injures quand il s'en empara, la partie la plus crémeuse et la plus tendre. Il frappe à coups redoublés, sans se rendre compte qu'il en a fait tomber un petit bout à terre, devant Renart, qui l'a vu. Celui-ci, quand il a reconnu l'animal, hoche la tête puis se redresse pour mieux voir : il découvre, tout en haut, Tiécelin, son compère[2] de longue date, avec le bon fromage entre ses pattes. Amical, il l'appelle. « Par tous les saints du ciel, que vois-je là-bas ? Est-ce vous, noble compère ? Que repose en paix l'âme de

1. ***Aubaine*** : occasion inespérée de faire du profit.
2. ***Compère*** : voir note 1, p. 34.

votre père, sire Rohart, qui savait si bien chanter ! Plus d'une fois, je l'ai entendu proclamer le meilleur chanteur de France. Vous-même, lorsque vous étiez petit, vous aviez l'habitude de vous exercer laborieusement. Vous en reste-t-il quelque chose ? Chantez-moi une ritournelle [1] ! »

Tiécelin, ainsi encensé [2], ouvre le bec et lance un cri. Renart lui dit : « Fort bien : vous avez fait des progrès, mais si vous le vouliez, vous pourriez atteindre l'octave [3] supérieure. » L'autre, qui se pique de bien chanter, recommence à crier. « Mon Dieu, s'émerveille Renart, comme votre voix devient claire, comme elle devient pure ! Si vous renonciez à manger des noix, vous chanteriez le mieux du monde. Chantez donc une troisième fois ! » L'autre s'époumone et, tout à son effort, il ne s'aperçoit pas que sa patte droite se desserre. Et le fromage tombe à terre tout juste aux pieds de Renart. Le coquin, dévoré par la gourmandise, se garde bien d'y toucher car, en plus, s'il en a la possibilité, il a l'intention de s'emparer de Tiécelin. Il a donc le fromage sous le nez. Il se soulève, tant bien que mal, il avance sa patte qui boite, la peau toujours en lambeaux. (Ce sont la patte et le pied que le piège a estropiés.) Il désire que Tiécelin voie tout cela. « Ah ! Dieu, se plaint-il, que ma part de bonheur fut mince en cette vie ! Que faire, sainte Marie ? Ce fromage sent si fort, il empeste tellement qu'il m'aura bientôt tué. Ce qui me tourmente le plus, c'est que le fromage n'est pas recommandé pour les blessures. Je n'en ai aucune envie, car les médecins me l'interdisent. Ah ! Tiécelin, par pitié, descendez ! Délivrez-moi de cette

1. ***Une ritournelle*** : un petit air, un refrain.

2. ***Encensé*** : loué, flatté.

3. ***Octave*** : intervalle de huit notes.

calamité ! En vérité, jamais je n'aurais fait appel à vos services si je ne m'étais malencontreusement cassé la jambe l'autre jour, dans un piège. C'est un malheur auquel je n'ai pu échapper. Maintenant, je dois prendre du repos, appliquer et étendre des emplâtres[1] jusqu'à réduction de la fracture. »

Ses larmes et ses prières finissent par convaincre Tiécelin qui descend de son arbre ; mais son saut risque de lui coûter cher, si Renart peut l'attraper. Tiécelin n'ose s'approcher ; aussi, le voyant plein d'appréhension, Renart se met-il à le rassurer : « Par Dieu, dit-il, rapprochez-vous donc ! Quel mal peut vous faire un blessé ? » Renart se tourne de son côté. L'étourdi, trop confiant, ne le voit même pas bondir. L'autre le rate : quatre grandes plumes seulement lui restent entre les dents. Tiécelin s'écarte, bouleversé par tant d'ingratitude[2]. Il regarde avec attention tout autour de lui. « Ah ! Dieu, dit-il, comme j'ai manqué de vigilance aujourd'hui ! Je n'imaginais pas que je serais victime de ce salaud de rouquin, de cet estropié qui m'a arraché quatre plumes à l'aile droite et à la queue. Sa place est en enfer : oui, vraiment, c'est un fourbe, un traître, j'en ai maintenant la preuve. »

Tiécelin est alors dans une rage folle : lorsque Renart veut se justifier, il l'interrompt, peu disposé à entendre sa défense, et il lui dit : « Gardez le fromage ! C'est le seul bien que vous aurez de nous aujourd'hui. J'ai été bien fou de vous croire en vous voyant boiter. » Aux propos grondeurs de Tiécelin, Renart ne répond pas un seul mot. Il se

---

1. ***Emplâtres*** : pansements.
2. ***Tant d'ingratitude*** : tant de méchanceté.

console bien vite de sa déconvenue en mangeant tout le fromage. Il regrette seulement d'en avoir si peu : c'est le meilleur des remèdes.

[Branche II, vers 843-1018.]

Renart, Tibert et l'andouille

Le maître de la ruse, Renart, qui alors meurt de faim, détale en bâillant. Tandis qu'il chemine, Tibert tombe dans ses filets sans avoir eu le temps de s'en apercevoir. À sa vue, le goupil, de la tête aux pieds, frémit de gourmandise, il le dévore des yeux et il voudrait aussi le punir de l'avoir poussé dans le piège. Mais il n'en laissera rien paraître, affectant la plus franche cordialité[1] lorsqu'il l'aborde : « Tibert, fit-il, quel bon vent vous amène ? » Mais l'autre de prendre le large. « Eh ! eh ! Tibert, continua Renart, ne fuyez pas, n'ayez pas peur ! Arrêtez-vous et causons ! »

Tibert se retourne et s'arrête, il lève la tête vers Renart tout en aiguisant ses griffes : selon toute apparence, il se prépare soigneusement à une défense énergique si Renart veut porter la patte contre lui. Mais celui-ci, qui de faim bâille, ne songe pas à livrer bataille : il a une tout autre idée en tête ; il s'applique à rassurer Tibert : « Tibert, dit-il, on est surpris de voir tant de méchants en ce monde. Les gens refusent de s'entraider, chacun s'efforce de tromper

1. ***Cordialité*** : amitié, sympathie.

son prochain et l'on ne trouve plus personne qui soit sincère ou loyal. Et pourtant on a la preuve que celui qui cherche à tromper autrui finit par être puni. Ces propos me sont inspirés par ce prêcheur[1] d'Isengrin mon compère[2] qui vient d'entrer dans les ordres. Il y a peu de temps, il s'imagina prendre celui qui finalement le prit. Son comportement m'a convaincu de ne pas être traître, car les traîtres sont toujours punis. [...] Mais que s'est-il passé, l'autre jour, seigneur Tibert ? Vous avez fait exprès de me pousser dans le piège ? Mais passons l'éponge, je parle sans arrière-pensée. Non, en vérité, vous ne l'avez pas fait, je pense même que personne n'aurait pu le faire. Il n'y a pas à revenir là-dessus. »

Tibert s'excuse mollement, car il n'a pas la conscience tranquille ; mais Renart, que l'autre le veuille ou non, le manœuvre avec l'idée de le tromper. Tibert en reste interdit. Renart l'assure une nouvelle fois qu'il lui sera dorénavant fidèle et le chat renouvelle son serment. L'accord est certes confirmé, mais il sera de courte durée : Renart ne tiendra pas sa promesse et Tibert ne sera pas assez fou pour renoncer à un mauvais coup si l'occasion s'en présente.

Tous deux s'en vont, par un sentier, et tous deux ont mal au cœur, tellement la faim les tenaille. Mais, ô merveille, voici qu'ils trouvent une andouille de bonne taille près de leur chemin, dans un champ labouré. Renart est le premier à s'en saisir. Tibert lui dit :

---

1. ***Prêcheur*** : religieux faisant des discours moralisateurs.
2. ***Compère*** : voir note 1, p. 34.

« Dieu nous aide ! Renart, mon cher compagnon, j'ai droit à une part.

– Mais comment donc, reprit Renart, qui parle de vous en priver ? Ne vous ai-je pas donné ma parole ? »

Tibert n'a pas grande confiance dans les serments du seigneur Renart :

« Compagnon, dit-il, mangeons-la donc !

– Ah ! non, répondit l'autre, il n'en est pas question. Si nous nous arrêtions ici, nous n'aurions jamais la paix. Il nous faut l'emporter plus loin.

– Je le veux bien », dit Tibert, faisant contre mauvaise fortune bon cœur.

Maître de l'andouille, Renart, de ses dents, la saisit par le milieu en sorte qu'elle pend des deux côtés.

La vue de Renart emportant l'andouille consterne Tibert.

Il se rapproche un peu de lui et lui dit :

« Vous ne méritez que des reproches. Comment portez-vous cette andouille ? Ne voyez-vous pas comment elle se salit ? Vous la traînez dans la poussière et en la tenant par les dents, vous la couvrez de bave. J'en suis écœuré. Mais, je vous le garantis, si vous continuez à la porter de cette manière, je vous abandonnerai ma part, c'est certain ; moi, je ne m'y prendrais pas ainsi.

– Vous, et comment feriez-vous ? réplique Renart.

– Passez-la-moi, et vous le verrez ; d'ailleurs, ajoute Tibert, il est normal que je vous soulage de ce fardeau, puisque vous l'avez vue le premier. »

Renart ne songe pas à refuser car il lui vient à l'idée que, si l'autre portait quelque charge, il aurait d'autant plus de chance d'être vaincu et d'autant moins de force pour se défendre. Aussi accepte-t-il que Tibert prenne l'andouille. Celui-ci, le cœur en fête, prend délicatement l'andouille, en met l'un des bouts dans sa bouche et, d'un balancement, la pose avec adresse sur son dos ; puis se tournant vers Renart : « Compagnon, lui dit-il, c'est ainsi qu'il vous faut procéder et la porter de façon qu'elle ne touche pas terre ; de plus, je ne la salis pas avec ma bouche. Je ne la porte pas comme un cochon : elle mérite bien qu'on en prenne soin. C'est ainsi que nous nous en irons jusqu'à cette hauteur que je vois plantée d'une croix. Mangeons là-bas notre andouille, je ne désire pas que nous la portions plus avant ; débarrassons-nous-en là-bas où nous n'aurons rien à craindre car de tous côtés nous pourrons voir venir ceux qui nous voudront du mal. C'est pourquoi il est bon de nous y rendre. »

Tout cela n'aurait pas préoccupé Renart, mais Tibert, à vive allure, prend les devants pour se mettre en route et ne cesse de courir jusqu'à la croix. Renart entre dans une violente colère quand il a deviné la ruse. Il lui crie à tue-tête :

« Compagnon, attendez-moi donc.

– Renart, dit le chat, n'ayez pas peur : tout ira bien, mais suivez-moi et faites vite. »

Tibert, qui n'était pas né de la dernière pluie, habile à monter autant qu'à descendre, de ses griffes s'agrippe à la croix, la monte en un éclair et se perche sur l'un des bras. Renart, déconfit[1] et soucieux, sait que l'autre s'est bel et bien moqué de lui :

1. ***Déconfit*** : vaincu, humilié.

« Et alors, Tibert ? lui dit-il.

– Tout est parfait, répond le chat. Montez donc et nous mangerons.

– Cela me serait bien difficile, dit Renart, mais vous, Tibert, descendez ! car je m'épuiserais s'il me fallait monter. Faites donc un beau geste : jetez-moi ma part et vous serez quitte.

– Renart, que dites-vous là ? Ma parole, vous êtes ivre. Je ne le ferais pas pour tout l'or du monde. Vous devriez pourtant bien connaître la valeur de cette andouille : c'est une chose sacro-sainte que l'on ne doit manger que sur une croix ou sur une église, de manière à la glorifier.

– Mon cher seigneur Tibert, soyez tranquille : la place là-haut est mesurée, impossible d'y tenir à deux. Mais montrez-vous généreux puisque vous ne voulez descendre. Tibert mon ami, vous le savez bien, vous m'avez juré d'être un ami loyal : or si deux amis vont ensemble et trouvent quelque chose, il me semble qu'ils doivent partager. Si vous ne voulez pas vous parjurer, vous ne pouvez que faire les parts en haut et me jeter la mienne en bas ! Je prendrai le péché sur moi.

– Je ne le ferai pas, je vous l'affirme, réplique Tibert. Renart mon ami, vos paroles me surprennent. Vous êtes pire qu'un hérétique[1], vous me demandez de jeter une chose que l'on doit entourer de respect. En vérité, je ne suis pas assez ivre pour accepter de vous la lancer à terre. Ce serait aller contre mes principes. Il est, dans la religion, un objet sacré, c'est l'andouille, vous le savez bien, à force de l'avoir entendu nommer. Je vais vous dire maintenant

1. ***Hérétique*** : qui soutient une opinion condamnée par l'Église.

ce qu'il vous reste à faire : vous vous résignerez pour cette fois et je vous fais ici la promesse que la première andouille que nous trouverons vous appartiendra sans partage : vous ne m'en donnerez pas une miette.

– Tibert, Tibert, dit Renart, nous nous retrouverons. Au moins jette-m'en un petit morceau.

– Je n'en reviens pas ! dit Tibert. Quoi ? Vous ne pouvez pas attendre qu'il vous en tombe du ciel entre les pattes une bien tendre qui sera à vous sans aucun doute ? L'abstinence[1] ne vous vaut rien. »

Tibert abandonne la discussion et se met à manger l'andouille. À ce spectacle, la vue de Renart se brouille un peu de larmes.

« Renart, ajoute Tibert, je suis heureux de vous voir pleurer sur vos péchés. Que Dieu qui connaît ton repentir[2] allège ta pénitence[3] !

– Pour le moment, dit Renart, il n'y a rien d'autre à faire ; mais tu finiras bien par descendre un jour : en tout cas, lorsque tu auras soif, tu seras obligé de venir de mon côté.

– Vous ignorez, dit Tibert, combien Dieu est pour moi un ami prévenant. Il a prévu aussi, à mes côtés, un creux où je pourrai étancher ma soif ; il a plu tout récemment et il en est resté beaucoup d'eau, à peu près un seau que je boirai à ma guise.

– Vous avez beau dire, réplique Renart, vous descendrez tôt ou tard.

1. ***Abstinence*** : privation volontaire de certains plaisirs ; ici, la nourriture.
2. ***Repentir*** : regret d'un péché et volonté de le réparer.
3. ***Pénitence*** : punition infligée pour le pardon des péchés.

– Pas avant des mois, répond Tibert.

– Mais en tout cas bien avant sept ans passés.

– Chiche que vous ne le jurerez pas !

– Je jure, dit Renart, de ne pas lever le siège, avant de t'avoir pris au piège.

– Soyez damné [1], dit Tibert, si vous ne tenez pas fermement ce serment ; mais répétez-le donc sur la croix, il n'en sera que plus fort.

– Oui, dit Renart, je jure de ne pas bouger d'ici avant le terme fixé : eh bien ! es-tu content ?

– Cela me suffit, fait Tibert. Mais il est une chose qui m'afflige et me remplit d'une immense pitié : c'est que vous n'avez pas encore mangé et que vous devrez jeûner [2] pendant sept ans ; pourrez-vous le supporter ? Impossible de revenir sur votre parole, car il vous faut être fidèle à votre serment et à votre promesse.

– Ne vous inquiétez pas, dit Renart.

– Je me tais donc, répond Tibert. Je n'ajouterai pas un seul mot : il est normal et juste que je me taise, mais vous, gardez-vous de bouger d'ici. »

Tibert se tait et continue à manger, tandis que Renart, de convoitise et de fureur, frémit et sue à grosses gouttes. Mais voici qu'au milieu de son supplice, la frayeur le saisit, car au loin a aboyé un chien qui a flairé sa trace. Il lui faut maintenant abandonner la place s'il ne veut pas y laisser la peau, car tous les chiens s'en viennent à la suite de celui qui l'a décelé. Le chasseur se dirige aussi de ce côté parlant aux chiens et les excitant. Et Renart de lever la tête :

---

1. ***Damné*** : condamné à l'enfer.
2. ***Jeûner*** : ne pas manger.

« Tibert, dit-il, qu'est-ce que j'entends ?

– Attendez un peu, répond l'autre, et surtout ne bougez pas. Quelle douce mélodie ! Par ici passe une procession qui traverse la campagne. À travers les buissons, longeant les haies d'épines, ils chantent des messes et des matines [1] ; ensuite, ils chanteront l'office [2] des morts et adoreront cette croix. Il vous faut donc rester ici d'autant plus qu'autrefois vous avez été prêtre. »

Renart, qui devine que ce sont des chiens, et se rend compte qu'il est dans de mauvais draps, décide de prendre la fuite. Tibert, le voyant debout, lui dit :

« Renart, pour quel office vous préparez-vous de la sorte ? Quelles sont vos intentions ?

– Je veux m'éloigner d'ici.

– Vous éloigner, vous ? Par Dieu, comment est-ce possible ? Souvenez-vous de votre serment auquel vous avez juré d'être fidèle. Vous ne devez pas vous en aller. Restez ici, je vous l'ordonne. Par Dieu, si vous partez, vous en rendrez compte, c'est certain, devant la cour* du roi Noble, car vous y serez cité pour vous être parjuré et avoir failli à une promesse redoublée : votre félonie [3] sera multipliée par deux. Vous avez juré, promis, assuré de tenir le siège pendant sept ans ; mais quel lâche vous faites à vous enfuir dès le premier jour ! Je suis en fort bons termes avec les chiens : si vous les craigniez tant soit peu, plutôt que de vous voir perpétrer [4] un tel crime, je me porterais garant de vous et j'obtiendrais d'eux une trêve en votre faveur. »

---

1. ***Matines*** : prières que l'on chantait le matin.
2. ***L'office*** : la messe.
3. ***Félonie*** : trahison.
4. ***Perpétrer*** : commettre.

Renart le quitte et va son chemin. Les chiens qui l'ont aperçu se sont lancés à sa poursuite : en vain, car Renart connaît si bien le pays qu'il ne sera jamais pris. Il s'en sort sans coups ni morsures. Il menace violemment Tibert et jure qu'il se mesurera avec lui au corps à corps si jamais il parvient à le rattraper. La guerre a donc éclaté entre eux, et le goupil ne recherchera plus ni trêve ni paix.

[Branche XV, vers 1-364.]

LA GUERRE AU ROI

Le jugement de Renart

[À l'Ascension, le roi Noble tient cour plénière[1]. Toutes les bêtes viennent se plaindre de Renart, Isengrin le premier ; mais le roi impose la paix...]

Le roi, en dépit des mécontents, avait imposé la réconciliation en sorte que la guerre entre Renart et Isengrin aurait bel et bien pris fin si Chantecler et Pinte n'étaient venus à la cour en compagnie de trois autres poules pour porter plainte devant le roi contre Renart. Maintenant, il va être difficile d'éteindre l'incendie car sire Chantecler le coq ainsi que Pinte, la poule qui pond les gros œufs, et Noire, et Blanche, et Roussette amènent une charrette enveloppée de rideaux. Une poule repose à l'intérieur, sur une litière aménagée en cercueil. Renart, de ses dents, l'a si rudoyée et maltraitée qu'il lui a brisé la cuisse et arraché une aile.

1. ***Tient cour plénière*** : a convoqué tous ses barons* ; c'était l'usage lors des grandes fêtes religieuses comme l'Ascension, qui a lieu quarante jours après Pâques.

À peine le roi, fatigué des débats, vient-il d'en finir avec une longue séance que surviennent Chantecler et les poules se frappant de leurs paumes. Pinte la première, puis les autres, s'écrient à pleins poumons : « Par Dieu, dit-elle, nobles bêtes, chiens, loups, vous tous qui êtes ici, assistez donc une malheureuse de vos conseils ! Je hais l'heure de ma naissance. Mort, prends-moi donc, hâte-toi puisque Renart m'ôte la vie ! J'avais cinq frères, tous fils de mon père : ce voleur de Renart les mangea tous. Quelle perte immense ! Quelle cruelle douleur ! Du côté de ma mère, j'avais cinq sœurs. Toutes prirent le chemin de son gosier. Et vous qui gisez dans ce cercueil, ma douce sœur, mon amie chère, comme vous étiez tendre et grassouillette ! Comment votre sœur infortunée va-t-elle pouvoir vivre sans jamais plus vous voir ? Renart, que le feu de l'enfer vous brûle ! Combien de fois vous nous avez persécutées, pourchassées, secouées, combien de fois vous avez déchiré nos pelisses ! Combien de fois vous nous avez traquées jusqu'aux palissades ! Hier matin, devant la porte, il me jeta le cadavre de ma sœur avant de s'enfuir dans un vallon. Je voulais engager des poursuites contre lui mais je ne trouve personne qui me rende justice, car Renart se soucie comme

■ Miniature du *Roman de Renart*, XIVe siècle

d'une guigne[1] des menaces et de la colère d'autrui. » À ces mots, la malheureuse Pinte tombe évanouie sur le pavé, aussitôt imitée par ses compagnes. Pour relever ces quatre dames, le chien, le loup et les autres bêtes se levèrent de leurs tabourets et leur aspergèrent la tête d'eau.

Revenues à elles, comme nous dit l'histoire, quand elles voient le roi assis sur son trône, elles courent ensemble se jeter à ses pieds tandis que Chantecler s'agenouille et lui baigne les pieds de ses larmes. À la vue de Chantecler, le roi est saisi de pitié pour le jeune homme. Il a poussé un grand soupir, rien au monde n'aurait pu l'en empêcher. De colère, il redresse la tête. Toutes les bêtes sans exception, même les plus courageuses – ours ou sangliers –, sont remplies de peur lorsque leur suzerain* se met à soupirer et à rugir. Le lièvre Couard eut si peur qu'il en eut la fièvre pendant deux jours. Toute la cour frémit à l'unisson. Le plus hardi tremble de peur. De colère, Noble redresse la queue et il s'en frappe, en proie à un tel désespoir que toute sa demeure en résonne. Puis il tint ce discours : « Dame Pinte, dit l'empereur, par la foi que je dois à l'âme de mon père pour lequel je n'ai pas encore fait l'aumône[2] aujourd'hui, votre malheur me désole et je voudrais pouvoir le réparer. Mais je vais faire venir Renart si bien que vous verrez de vos propres yeux et entendrez de vos propres oreilles combien la vengeance sera terrible : je veux le châtier de façon exemplaire pour son crime et son orgueil. »

Isengrin n'a pas plutôt entendu le roi qu'il se relève en toute hâte :

---

1. ***Guigne*** : chose minuscule, insignifiante.

2. ***Je n'ai pas encore fait l'aumône*** : je n'ai pas encore payé un prêtre pour qu'il prie ou donne une messe (à la mémoire du père du roi Noble).

« Sire, dit-il, vous agissez à merveille. On chantera partout vos louanges si vous parvenez à venger Pinte et sa sœur dame Coupée que Renart a si sauvagement estropiée. Ce n'est pas la haine qui m'inspire : je parle ainsi à cause de la demoiselle qu'il a tuée et non à cause de griefs [1] personnels. » L'empereur dit : « Mon ami, Renart m'a mis au cœur un immense chagrin et ce n'est pas la première fois. Devant vous tous, devant tous les étrangers à ma cour, je l'accuse, avec toute la solennité qui m'est coutumière, d'adultère, d'insolence, de lèse-majesté [2], de violation de la paix. Mais il est temps de passer à un autre sujet : Brun l'ours, prenez votre étole [3] et priez pour le repos de cette âme ! Et vous, seigneur Bruyant le taureau, dans ce champ, là-bas, creusez-moi donc une sépulture [4] !

– Volontiers, sire », dit Brun.

Alors, il va prendre l'étole et tout ce qu'il lui faut. Sous sa direction, le roi et tous les courtisans ont commencé l'office funèbre [5]. À lui tout seul, seigneur Tardif le limaçon a lu les trois leçons [6]. Roenel le chien a chanté les versets [7], en alternance avec Brichemer le cerf. L'office terminé, dans la matinée, ils portent le corps en terre non sans l'avoir auparavant déposé dans un magnifique cercueil de plomb, le plus beau qu'on ait jamais vu. Ils l'enfouissent sous un arbre et ils

1. ***Griefs*** : reproches.
2. ***Lèse-majesté*** : outrage au souverain et aux intérêts de l'État.
3. ***Étole*** : bande d'étoffe que le prêtre porte autour du cou.
4. ***Sépulture*** : tombe.
5. ***L'office funèbre*** : la messe d'enterrement.
6. ***Leçons*** : extraits des Saintes Écritures lus à la messe.
7. ***Versets*** : extraits des psaumes (poèmes bibliques) chantés par un religieux et répétés par un autre.

posent, par-dessus, une dalle de marbre portant son nom et les événements de sa vie ; et ils recommandent son âme à Dieu. Je ne sais si c'est au burin ou au ciseau qu'ils ont gravé cette épitaphe[1] : « Sous cet arbre, dans cette plaine, gît Coupée, la sœur de Pinte. Renart, qui chaque jour devient pire, de ses dents la tortura cruellement. »

Personne alors ne pourrait voir Pinte pleurer, maudire Renart et le vouer à l'enfer, ni voir Chantecler tendre les pattes sans en éprouver une immense pitié. Le chagrin devenu moins vif puis complètement apaisé, les barons* disent :

« Majesté, vengez-nous donc de ce voleur qui s'est ri de nous tant de fois et qui a violé tant d'accords.

– Très volontiers, dit l'empereur. Brun, mon très cher frère, allez-y pour moi. Ne craignez rien de Renart. Dites-lui de ma part que je l'ai attendu pendant trois jours.

– Sire, très volontiers », dit Brun.

Alors, prenant l'amble[2], il descend par un champ cultivé, sans s'arrêter ni se reposer. Or, pendant qu'il voyage, survient à la cour un événement qui n'arrangera pas les affaires de Renart. En effet, monseigneur Couard le lièvre qui, de peur, a attrapé la fièvre (il en souffre déjà depuis deux jours) est alors guéri par la grâce de Dieu sur la tombe de dame Coupée dont il n'a à aucun moment voulu s'éloigner après l'enterrement, quitte à dormir sur le corps de la martyre*. Et quand Isengrin entend dire que c'est une vraie martyre, il se plaint de l'oreille. Sur les conseils de Roenel, il se couche sur la tombe puis proclame qu'il est guéri.

---

1. ***Épitaphe*** : texte inscrit sur le tombeau pour rappeler le souvenir du mort.

2. ***Amble*** : allure modérée d'un cheval.

Mais, s'il ne s'agissait d'un article de foi[1] que nul ne doit mettre en doute et sans le témoignage de Roenel, la cour croirait que c'est un mensonge.

Lorsque la nouvelle parvient à la cour, elle en réjouit certains mais elle déplaît à Grimbert, le défenseur et le partisan de Renart, avec Tibert le chat. Maintenant, si Renart ne s'y connaît en ruse, il lui en cuira si on l'attrape car Brun l'ours est déjà parvenu à Maupertuis, au cœur de la forêt, en suivant continuellement un sentier. Sa forte corpulence l'oblige à rester dehors et à se tenir devant la barbacane[2]. Cependant Renart, le trompeur universel, s'est retiré au fin fond de sa tanière pour se reposer. Il a abondamment pourvu son terrier d'une grosse et grasse poule et, pour son petit déjeuner, il a eu deux belles cuisses de poulet. À présent il se repose, satisfait. [...]

[Craignant le jugement qui l'attend, Renart fait semblant d'obéir à la convocation du roi et de suivre Brun mais, sur le chemin, il abandonne l'ours qui a le museau et les pattes coincés dans la fente d'un chêne, où il lui a fait croire qu'il trouverait du miel. Brun revient à la cour seul, en sang, et s'évanouit aux pieds du roi. Furibond, ce dernier envoie Tibert pour convoquer une nouvelle fois le goupil à sa cour. Sur le chemin, Renart attire le chat chez un prêtre en lui promettant qu'il pourra y croquer quantité de souris. Le chat n'y récolte que des coups de bâton et, à son tour, revient à la cour sans le goupil et en piteux état. Mais quand Grimbert le blaireau, son propre cousin, vient le chercher, Renart ne peut se défiler : il fait des adieux déchirants à sa famille et confesse

1. ***Article de foi*** : objet de croyance religieuse.
2. ***Barbacane*** : fortification qui protège les abords du pont-levis.

(longuement !) ses péchés à son compagnon de route. Arrivé à la cour, il tente de se justifier et d'apitoyer le roi Noble, qui laisse ses barons* décider de la sentence.]

Le roi a parlé haut et fort afin que tous ses vassaux l'entendent :

« Seigneurs, crie-t-il, écoutez-moi bien ! Dites-moi quel châtiment réserver à ce coquin sans foi ni loi, et la façon de me venger de lui.

– Sire, répliquent les barons, Renart est complètement pourri. Personne ne vous en voudra si vous le faites pendre. »

Le roi répond : « C'est bien parlé. Qu'on se dépêche, et sans discussion ! Si on laissait filer Renart, jamais il ne reviendrait. Sachez que nous le regretterions et plus d'un innocent pourrait s'en mordre les doigts. »

Au sommet d'une haute montagne, sur un rocher, le roi a fait dresser la potence pour pendre Renart le goupil : le voici en grand péril. Le singe lui fait la grimace et lui donne une gifle. Renart, jetant les yeux derrière lui, en voit venir plus de trois[1]. Tiré par l'un, poussé par l'autre : rien d'étonnant s'il a peur. Le lièvre Couard lui tire dessus, de loin, car il se garde bien de l'approcher. Au moment de l'attaque, Renart bouge la tête. Couard en est si affolé qu'on ne le revoit plus, effrayé par ce miracle. Il se cache alors dans une haie : de là, pense-t-il, il observera quel sort on réserve à Renart. Mal lui en a pris, à mon avis, car aujourd'hui il craindra pour sa peau. Renart se voit en mauvaise posture, lié, retenu de tous côtés, mais il ne peut trouver la moindre ruse pour s'échapper.

[Branche I, vers 275-489 et 1335-1376.]

1. ***Plus de trois*** : il s'agit ici de barons de la cour, présents au jugement.

Renart pèlerin

À la vue de la potence que l'on dresse, le chagrin l'envahit, alors il dit au roi : « Cher et noble roi, laissez-moi dire quelques mots. Vous m'avez fait attraper et lier, vous voulez maintenant me pendre sans raison. Cependant, j'ai commis de très graves péchés qui ne sont pas sans souiller mon âme. Je veux à présent m'engager dans la voie du repentir. Au nom de la sainte pénitence, je veux prendre la croix[1] pour aller, s'il plaît à Dieu, au-delà des mers[2]. Si je meurs là-bas, je serai sauvé. Si je suis pendu, ce sera une faute et une bien piètre[3] vengeance ! » Sur ces paroles, il se jette aux pieds du roi qui ressent une grande pitié. De son côté, Grimbert revient à la charge et réclame la grâce[4] de Renart : « Sire, au nom de Dieu, écoute-moi bien ! Sois généreux, considère le courage et la noblesse de cœur de Renart. S'il revient au bout de cinq mois, il sera bien utile, car vous n'avez pas de soldat plus hardi.

– N'affirmez pas cela, dit le roi. À son retour, il serait pire, comme tous ceux qui y vont : on part bon, on en revient méchant. Il fera comme eux s'il réchappe à ce péril.

– Si alors il n'est pas en paix avec sa conscience, sire, qu'il n'en revienne jamais. »

---

1. ***Prendre la croix*** : s'engager dans un pèlerinage* ou une croisade* contre les infidèles. Comme marque de cet engagement, les pèlerins portaient une croix sur leurs habits (voir p. 26).
2. ***Au-delà des mers*** : à Jérusalem, destination des croisades.
3. ***Piètre*** : misérable.
4. ***La grâce*** : le pardon, la remise de peine.

Et le roi dit : « Qu'il prenne la croix à condition qu'il reste là-bas. »

À ces mots, Renart est fou de joie. Il ne sait pas s'il accomplira le pèlerinage* mais, en attendant, la croix est sur son épaule droite. On lui apporte la besace[1] et le bâton, et le voilà pèlerin. Les bêtes en sont consternées : celles qui l'ont bousculé et poussé se disent qu'elles paieront un jour leurs actes. Le roi demande à Renart de leur pardonner tout le mal qu'ils lui ont fait et de renoncer à la ruse et au péché. S'il meurt, il sera ainsi sauvé. Renart acquiesce sans réserve aux demandes du roi et, aussi longtemps qu'il reste auprès du roi, il pardonne à ses ennemis. Il quitte la cour* dans l'après-midi, ne salue personne, mais les défie tous en son cœur à l'exception du roi et de son épouse, la glorieuse dame Fière, un modèle de délicatesse et de beauté. Avec grâce, elle s'adresse à Renart :

« Seigneur Renart, priez pour nous et, de notre côté, nous prierons pour vous.

– Dame, fait-il, il serait normal que votre prière me fût infiniment précieuse et que celui pour qui vous daigneriez prier fût transporté de joie. Et si j'avais votre anneau que voilà, ma route en serait plus facile. Si vous me le donnez, sachez que vous n'aurez qu'à vous en féliciter. En retour, je vous donnerai de mes joyaux, la valeur de cent anneaux. »

La reine tend à Renart l'anneau qu'il s'empresse de prendre. Il grommelle entre ses dents : « En vérité, celui qui ne m'a pas vu de près va s'en souvenir. » Il met l'anneau à son doigt, puis prend congé du roi. Éperonnant son

1. ***La besace*** : le sac de toile ou de cuir que les voyageurs portaient sur l'épaule.

cheval, il s'enfuit au grand galop et s'approche de la haie où Couard s'est caché. Il a plus faim que d'habitude, le jeûne lui donne la migraine. Alors, il s'enfonce dans la haie : Couard le voit, tremble de peur ; il se redresse et lui souhaite ainsi le bonjour : « Si je suis ravi de vous voir frais et dispos, je suis désolé des mauvais traitements qu'on vous a fait subir aujourd'hui. » Renart, le trompeur universel, réplique : « Puisque mon malheur vous afflige et que mon état actuel ne vous plaît pas, que Dieu m'accorde de me restaurer de votre personne[1] ! » Ces paroles parfaitement claires ne rassurent pas Couard qui se prépare à fuir vers la plaine (il redoute une trahison), mais Renart retient son cheval par le mors : « Parbleu, seigneur Couard, vous ne bougerez pas d'ici, dit Renart. Jamais votre rapide monture n'empêchera que vous soyez livré en pâture à mes renardeaux. » Il le pique de son bâton de pèlerin.

La cour du roi et ses hommes d'armes se trouvent dans une vallée profonde et large entourée de quatre montagnes pointues qui s'élèvent très haut vers le ciel.

Renart monte sur la plus haute en compagnie de Couard qu'il couvre de honte et qui pend, la tête en bas, tout près des pattes de son cheval. Renart regarde dans la lande et voit le roi et la reine, et tant de barons* et de bêtes que le bois s'agite comme sous la tempête. Renart est au centre de leurs conversations, mais ils n'ont aucune nouvelle de Couard et ignorent que le goupil l'emmène dans sa prison comme un vulgaire brigand. Se saisissant de la croix, Renart leur crie d'une voix forte : « Sire le roi, reprenez le déguisement que

1. ***Me restaurer de votre personne*** : vous manger.

vous m'avez donné ! Que Dieu anéantisse le freluquet[1] qui m'embarrassa de cette guenille[2], de ce bâton et de cette besace ! » Il s'en torche le derrière sous les yeux des bêtes puis les leur jette sur la tête. Bien fort, il dit au roi : « Sire, écoute-moi bien ! Noradin[3] m'a chargé, moi qui suis un bon pèlerin, de te transmettre ses salutations. Tous les païens[4] te craignent tant que, pour un peu, ils s'enfuiraient ! » Il les a tant couverts de quolibets[5] que le seigneur Couard s'est détaché : il est monté sur un cheval rapide et a fait un saut des plus réussis. Avant que Renart ait pu s'en rendre compte, Couard est presque arrivé à la cour sur son cheval rapide, les flancs transpercés par le bâton du pèlerin, la peau des pieds et des mains déchirée ; il est dans un triste état. Il a tellement souffert qu'il tombe aux pieds du roi et lui raconte le tour diabolique.

« Sire, dit-il, par Dieu, secourez-moi !

– Mon Dieu, dit le roi, comme me voilà trahi, blessé, perdu par Renart qui me craint si peu ! Je sais bien maintenant qu'il me méprise. Seigneurs, ajoute-t-il, poursuivez-le tous car je vois par où il s'enfuit. Pardieu, s'il nous échappe vous êtes tous pendus et tués. Mais celui qui l'attrapera anoblira tout son lignage[6]. »

Ah ! si vous aviez vu alors le seigneur Isengrin, seigneur Belin le mouton, et Brun l'ours et Pelé le rat, et monseigneur Tibert le chat, et Chantecler et dame Pinte venue à la cour

1. ***Freluquet*** : jeune homme faible.
2. ***Cette guenille*** : ce vieux chiffon.
3. ***Noradin*** : Nour-ed-Din, sultan d'Alep, qui infligea de cuisantes défaites aux croisés.
4. ***Païens*** : non-chrétiens.
5. ***Quolibets*** : moqueries méchantes.
6. ***Son lignage*** : sa famille, sa descendance.

avec quatre compagnes, et seigneur Ferrand le roncin[1], et sire Roenel le mâtin[2] ! Le grillon Frobert le suit et Petitfouineur le furet. Viennent ensuite le seigneur Baucent le sanglier aux dents pointues, le taureau Bruyant en furie et Brichemer à bride abattue. Le limaçon, qui porte l'enseigne[3], sait bien les conduire à travers la plaine. D'un coup d'œil derrière lui, Renart voit qu'il est suivi de près ; il voit Tardif les guider avec l'enseigne qui claque au vent. Il hésite sur le parti à prendre. D'un saut, il quitte la voie et s'engage dans un souterrain ; toute la bande lui emboîte le pas. Elle n'a rien de rassurant : tous le couvrent de menaces, jurent que rien – ni clôture, ni murailles, ni fossés, ni palissades, ni forteresse, ni donjon, ni trou, ni tanière, ni buisson – ne pourra empêcher qu'il soit pris, livré au roi et pendu. Renart voit qu'il ne peut leur résister ni par la fuite, ni par la course. La gueule écumante, il est talonné par tous les autres qui arrachent sa pelisse dont les touffes s'envolent et qui lui percent le dos de coups. Pour un peu, il tombe entre leurs mains ; ils l'ont réduit à leur merci[4]. C'est un miracle s'il leur échappe.

Cependant, après s'être bien amusé, il s'est dirigé vers Maupertuis, son château fort, sa demeure, sa forteresse, son donjon, où il ne craint ni armée, ni assaut. Maintenant, l'attaque qui veut ! À cette heure, il se moque bien des menaces : libre à ceux qui ne veulent pas l'aimer de le haïr ! Sa femme vient à sa rencontre, pleine de crainte et

1. ***Roncin*** : cheval de charge.
2. ***Mâtin*** : voir note 2, p. 68.
3. ***Enseigne*** : étendard autour duquel se ralliait la troupe. La charge de porte-enseigne était très prestigieuse.
4. ***À leur merci*** : sous leur pouvoir.

de respect. La noble dame avait trois fils : Percehaie, Malebranche et le troisième, le plus beau de tous, Rovel. Tous l'entourent, le prennent par le pan du vêtement, voient ses plaies qui saignent. Tous le plaignent, gémissent sur son sort. Ils lavent ses plaies au vin blanc et l'installent sur un coussin. On prépare le dîner : Renart est si fatigué, si épuisé qu'il ne mange que la cuisse d'une poule et son croupion. La dame lui fait prendre un bon bain, poser des ventouses, le fait saigner [1] si bien qu'il recouvre la santé.

[Branche I, vers 1379-1620.]

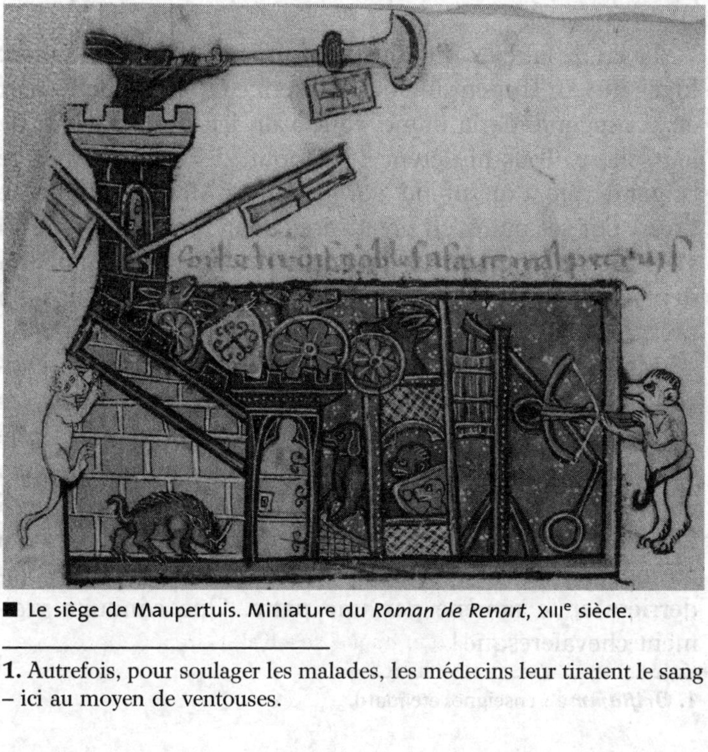

■ Le siège de Maupertuis. Miniature du *Roman de Renart*, XIIIe siècle.

---

1. Autrefois, pour soulager les malades, les médecins leur tiraient le sang – ici au moyen de ventouses.

Le siège de Maupertuis

[Le roi et ses barons* ont mis le siège devant la forteresse de Renart, mais au bout de six mois, ils ne sont toujours par parvenus à s'en emparer. Une nuit, Renart profite du sommeil de ses ennemis pour les humilier : il s'introduit dans leur campement, les attache par la queue ou par le pied aux arbres sous lesquels ils dorment, puis va rejoindre la reine Fière dans sa tente et se couche près d'elle en se faisant passer pour son mari : surprise, celle-ci pousse un cri.]

Le cri de la reine tira tous les dormeurs de leur sommeil. Jugez de leur stupeur lorsqu'ils virent ce rouquin de Renart en compagnie de la dame, tout à un jeu qui était loin de leur plaire. Tous hurlèrent : « Debout, debout ; attrapez ce brigand que l'on prend sur le fait ! » Messire Noble se dresse sur ses pattes. Il tire et tire encore : en pure perte. Il s'est presque arraché la queue qu'il a allongée d'un bon demi-pied. Et les autres tirent, tirent encore ; ils sont bien près de se déchirer l'arrière-train.

Mais Renart a oublié d'attacher maître Tardif le limaçon, le porteur de l'oriflamme[1], qui court donc délier les autres. D'un coup d'épée, il coupe les nœuds, et son zèle est si grand qu'il tranche à chacun le pied ou la queue. Tous se dirigent vers le roi dès qu'ils le peuvent, en grand tapage. À ce spectacle, Renart s'apprête à détaler. Mais au moment où il entre dans sa tanière, Tardif l'attrape par-derrière et le ramène par une patte. Une conduite vraiment chevaleresque !

1. ***Oriflamme*** : enseigne, étendard.

Alors le roi, piquant des deux[1], les rejoint et tous les autres font de même. Seigneur Tardif, qui tient Renart, le remet au roi, arrivé en tête. De tous côtés, on se saisit du goupil. Un sourd frémissement parcourt l'armée entière. Voilà donc Renart capturé, pour la plus grande joie des gens du royaume. Ils le conduisent à la potence. Le roi ne veut pas entendre parler de rançon. [...] Il fait bander les yeux du prisonnier et s'adresse à lui : « Renart, Renart, dit le lion, j'ai sous les yeux des instruments de torture propres à vous faire payer tous les excès que vous avez commis dans votre vie, et en particulier le plaisir que vous avez pris avec la reine : je vous ai vu tout prêt à me couvrir de honte mais je sais bien ce qui me reste à faire... À présent, revenons à nos moutons : qu'on vous mette la corde au cou ! »

Le seigneur Isengrin se met debout et empoigne Renart par l'encolure. Il lui assène un tel coup de poing que l'autre en lâche un pet. Et Brun l'ours le saisit par la nuque et plante les dents dans le gras de la cuisse. Et Roenel, l'attrapant par la gorge, lui fait faire trois tours d'un champ d'orge. Tibert le chat, dents et griffes sorties (il les avait fort pointues), prend Renart par la pelisse et lui fait passer un mauvais quart d'heure. Tardif, le porte-bannière[2], lui donne une fessée. Quelle cohue ! Une bête sur trois ne réussit pas à atteindre Renart. La foule est si dense que ceux qui n'arrivent pas à leur but se bousculent dans la rue.

Renart, l'universel trompeur, se débat comme un beau diable, mais il est à court d'idées, effrayé de se sentir sur

1. ***Piquant des deux*** : piquant le cheval avec ses deux éperons pour le faire galoper.

2. ***Porte-bannière*** : porte-drapeau.

le point de mourir. Dans cette foule, il n'a aucun ami, que des ennemis. Vous savez ce qu'on dit : c'est quand on est en difficulté, ligoté ou pris de force, qu'on reconnaît celui qui nous aime ou se soucie de nous. À voir Renart mis en pièces, Grimbert pleure et prie et implore : n'était-il pas son parent, son ami ? Or le voilà attaché et captif. Il ne sait comment le secourir, car la force n'est pas de son côté.

Le rat Pelé s'est avancé, il s'est jeté sur Renart. Il tombe dans la cohue des pattes. Renart le saisit à la gorge et l'étreint de toutes ses forces entre ses bras si bien que l'autre n'a plus qu'à mourir. Personne ne fit attention à la scène qui n'eut ni témoin ni spectateur.

L'orgueilleuse dame Fière qui est pleine de qualités et de charme, est sortie de la chambre, toute frémissante et moite de douleur à cause de Renart et de la honte qu'on lui a fait subir aujourd'hui. Elle se repent de lui avoir donné son anneau car elle sait pertinemment que ce don lui attirera une foule d'ennuis dès que l'affaire de Renart sera réglée ; mais elle n'en veut rien laisser paraître. Elle s'avance à petits pas, s'arrête devant Grimbert et lui adresse de sages paroles :

« Seigneur Grimbert, dit la reine, par sa conduite insensée, par sa folie et ses excès, Renart a attiré le malheur sur lui. Il le paie bien cher aujourd'hui. Cependant, je vous apporte ici même un talisman, qui protège de la mort toute personne qui a une foi totale en ses pouvoirs. Si le seigneur Renart le portait sur lui, qu'il fût ou non en tort, il n'aurait plus à craindre de mourir. Dites-lui de l'accepter de ma part, mais à voix basse pour ne pas attirer l'attention, car il m'inspire une grande pitié. N'en parlez surtout à personne. Mes intentions sont pures (que Dieu me compte au nombre de ses élus !) mais c'est un être si raffiné que ses malheurs me touchent.

– Dame chère et vénérée, répond Grimbert, noble reine couronnée, puisse celui qui siège dans les cieux et contemple d'en haut toutes choses, le roi et le maître de tout, lui qui vous a élevée à un si haut rang, puisse-t-il vous préserver du déshonneur ! Car, si Renart peut en sortir vivant, il sera désormais le meilleur de vos amis. »

À ces mots, la reine tend à Grimbert le talisman qu'il s'empresse de prendre, puis elle lui recommande à l'oreille, en grand secret, de dire à Renart que, dès qu'il aura échappé à sa prison, il ne manque en aucune façon, au nom de l'amour qu'il lui a promis, de venir lui parler en tête à tête, très discrètement. Alors, ils se séparent.

Entre-temps, les ennemis de Renart lui ont mis la corde au cou. « Occupez-vous de le pendre, dit le roi, car je ne peux attendre aussi longtemps. » L'exécution aurait bel et bien eu lieu, si le roi n'avait regardé en bas dans la plaine où il vit venir une imposante troupe à cheval, avec bon nombre de femmes éplorées[1]. C'était l'épouse de Renart qui traversait tout un essart[2], en éperonnant sa monture. Elle filait comme le vent et sa douleur fendait l'âme. Ses trois fils ne traînaient pas en route malgré leurs démonstrations de douleur : ils se tiraient et s'arrachaient les cheveux, ils déchiraient leurs vêtements. L'on aurait pu entendre leurs cris et leur vacarme à une lieue de là. Ils ne venaient pas en bon ordre, mais chevauchaient à bride abattue,

1. ***Éplorées*** : en pleurs.
2. ***Essart*** : voir note 4, p. 42.

menant avec eux un cheval lourdement chargé de richesses pour racheter Renart.

Avant que le goupil reçoive l'absolution[1], ils fendent la foule et, sur leur lancée, ils se jettent aux pieds du roi. La dame a pris tant d'avance qu'elle s'y élance la première : « Sire, pitié pour mon époux au nom de Dieu, le père créateur ! Je te donnerai toutes ces richesses si tu acceptes de lui faire grâce. » Noble le Roi examine le trésor d'argent et d'or qu'on étale devant lui. Il est fort cupide[2] ; aussi répondit-il :

« Dame, je vous avoue franchement que Renart n'a pas mes faveurs. Il a fait tant de mal à mes vassaux qu'il est impossible de tout vous raconter. C'est pourquoi je dois les venger. Puisqu'il refuse de se corriger, il a bien mérité la corde. Mes barons me réclament tous de pendre ce brigand. En vérité, si je suis loyal envers eux, on le livrera bientôt au supplice.

– Sire, au nom de Dieu en qui tu crois, pardonne-lui pour cette fois !

– Pour l'amour de Dieu, répond le roi et par égard pour vous, je lui pardonne, pour cette fois-ci. Mais il va vous être rendu à une seule condition : à la première incartade[3], il sera pendu.

– Sire, dit-elle, j'y consens. Je ne viendrai plus jamais vous implorer à son sujet. »

Alors on ordonne de délier Renart que le roi fait aussitôt venir auprès de lui. Il s'avance, tout rayonnant, en

1. ***Absolution*** : voir note 1, p. 54.
2. ***Cupide*** : qui aime l'argent et les richesses.
3. ***Incartade*** : écart de conduite, délit.

sautillant, guilleret[1] et ravi. « Renart, dit le roi, désormais, attention ! Vous avez obtenu le pardon de vos fautes mais, à la moindre récidive, vous vous retrouverez au même point.

– Sire, répond Renart, que Dieu m'empêche de commettre une faute qui me vaudrait d'être pendu. »

Il fait fête à sa famille qu'il voit rassemblée devant lui, embrasse l'un, serre l'autre dans ses bras : car aucun spectacle ne peut lui faire plus de plaisir. Isengrin, quand il le voit libre, préférerait être à cent pieds sous terre. Chacun est envahi par la crainte d'être à nouveau la victime du goupil, ce qui ne manquera pas de se produire, si Dieu lui accorde de vivre jusqu'au soir, ou même un peu moins.

Au moment où les barons comptent se retirer, le roi, qui regarde la route, voit venir par un chemin de traverse une bière[2] portée par deux chevaux. C'est Chauve, la souris, avec la dépouille[3] de son mari, le rat Pelé, que Renart a étranglé en l'étouffant sous lui. Pour accompagner dame Chauve viennent sa sœur dame Fauve et dix autres frères et sœurs. Vers le roi s'avancent, en poussant de grands cris, ses fils et ses filles, une bonne quarantaine, sans compter les cousins, plus de soixante. Le concert de leurs plaintes, en chemin, fait retentir tout l'espace et frémir toute la voûte céleste. Le roi s'est légèrement déplacé vers la droite pour voir ce qui se passe. Les cris, le vacarme qui lui parviennent ne le mettent pas de bonne humeur.

Quand Renart entend s'approcher le cortège funèbre, il se met à trembler de peur : cette bière l'effraie. Il renvoie sa

1. ***Guilleret*** : réjoui.
2. ***Bière*** : brancard sur lequel on portait les morts.
3. ***La dépouille*** : le cadavre.

femme à la maison avec ses gens et ses enfants ; ils quittent discrètement le camp et s'en retournent vivement à cheval. Mais lui, le misérable, il reste là, au milieu du danger.

La bière arrive à vive allure. Dame Fauve fend la foule et, dès qu'elle voit le roi, se précipite vers lui. « Sire, pitié ! » crie-t-elle. Elle tombe à terre, évanouie. La bière tombe de l'autre côté. Tous en chœur se plaignent de Renart, dans un tel vacarme que l'on n'aurait pas entendu Dieu tonner. Alors le roi veut arrêter Renart, mais celui-ci n'a que faire de son sermon ; il a pris la fuite sans l'attendre. C'est un sage parti, car sa perte est imminente.

Il grimpe au sommet d'un grand chêne. Tous les autres, en rangs serrés, s'élancent à sa poursuite et s'arrêtent au pied du chêne autour duquel ils mettent le siège. Impossible à Renart de descendre sans passer parmi eux. Le roi arrive et lui ordonne de descendre. « Sire, je m'en garderai bien, à moins que vos barons me jurent qu'il ne me feront aucun mal, et que vous-même me garantissiez cela par des otages, car il y a autour de moi, ce me semble, beaucoup de mes ennemis. Si chacun d'eux me tenait dans ses mains, ce ne serait pas pour me donner du pain. Maintenant, tenez-vous tous bien tranquilles, en bas. Racontez l'histoire d'Ogier et de Lanfroi[1]. Si quelqu'un en connaît d'autres, qu'il les raconte ! Moi, d'en haut, je n'aurai pas de peine à les entendre. » Les quolibets de Renart mettent le roi dans une colère noire. Il donne l'ordre d'apporter deux cognées[2]. L'on commence à abattre le chêne. Quelle peur a Renart quand il s'en aperçoit ! Il voit les barons, en

1. ***Ogier*** et ***Lanfroi*** : héros de chansons de geste.
2. ***Cognées*** : haches.

rangs serrés, brûlant de se venger. Il ne sait comment il pourra s'en sortir. Il commence à descendre un peu, une grosse pierre à la main. Il voit Isengrin s'approcher de lui. Mais écoutez bien ce qu'il a l'audace de faire ! De sa pierre, il frappe le roi près de l'oreille, si bien que, même pour cent marcs[1] d'or, le souverain n'aurait pas pu s'empêcher de tomber. Tous les barons se précipitent vers lui et le soutiennent entre leurs bras. Pendant qu'ils s'occupent de soutenir leur suzerain*, Renart saute à terre et s'enfuit. Quand ils le voient, tous le couvrent de huées, unanimes pour proclamer que jamais plus ils ne le poursuivront car ce n'est pas une créature normale mais bel et bien un rejeton du diable !

C'en est maintenant fini de la poursuite. Renart s'enfuit vers un enclos, les barons emportent leur maître directement dans le palais royal.

Pendant huit jours, le roi se fait saigner, dorloter, divertir, si bien qu'il recouvre la santé. Voilà donc comment Renart se tire d'affaire : que chacun soit désormais sur ses gardes !

[Branche Ia, vers 1795-2204.]

1. Le ***marc*** est une ancienne unité de poids qui correspond à environ 250 grammes.

RENART COURT TOUJOURS

Renart teinturier

Le roi a fait battre tambour et proclamer solennellement partout que celui qui pourra s'emparer de Renart ne devra pas le conduire à la cour* ni attendre l'arrivée d'un roi ou d'un comte, mais devra le tuer ou le pendre sur-le-champ. Renart ne s'inquiète pas pour si peu, il s'enfuit vers un essart[1]. Il s'y dirige à petits pas, surveillant les alentours. Il ne faut pas s'en étonner : il doit se garder de toutes les bêtes. Au sommet d'un grand tertre[2], il s'arrête et tourne sa tête vers l'orient. Alors, il prononce une prière qui est excellente : « Ô Dieu de Trinité[3], Toi qui m'as délivré de tant de périls, et qui m'as laissé faire tant de mauvaises actions, protège-moi désormais par ta sainte volonté ! Arrange-moi de telle manière, déguise-moi de

1. ***Essart*** : voir note 4, p. 42.
2. ***Tertre*** : butte.
3. ***Dieu de Trinité*** : Dieu qui existe sous trois aspects – le Père, le Fils et le Saint-Esprit.

telle façon qu'aucune bête, en me voyant, ne puisse me reconnaître. »

Il incline sa tête vers l'orient, il se bat vigoureusement la coulpe[1], lève la patte et fait le signe de la croix. Il s'en va par monts et par plaines, mais la faim le fait cruellement souffrir. Il se dirige vers un village où demeurait un teinturier très habile dans son métier. Il avait, du mieux possible, dissous son colorant dans l'eau pour obtenir une teinture jaune[2]. Il était parti chercher une aune[3] exacte afin de mesurer l'étoffe qu'il voulait plonger dans la cuve. Il avait laissé la cuve découverte et la fenêtre ouverte pour surveiller si sa teinture prenait bien, de façon uniforme. Renart pénètre dans la cour en quête d'une proie qui satisferait sa panse : il a parcouru tout le jardin et fouillé tous les environs sans rien trouver qui se mange. Il se cache dans le renfoncement de la fenêtre. Comme il ne voit âme qui vive à l'intérieur, il y saute à pieds joints.

Quelle surprise en arrivant dans la partie obscure ! Écoutez comme le diable se met en travers de sa route : amère fut sa déconvenue car il tomba dans la cuve. Il va au fond mais il n'y reste pas : vite, il remonte. La cuve était assez profonde et il doit nager à la surface pour ne pas couler. Or voici qu'arrive le manant[4] tenant son aune à la main. Il se met à mesurer son étoffe. Au bruit du goupil qui se débat, cherchant à sortir et s'épuisant à force de

1. ***Il se bat la coulpe*** : il se frappe la poitrine en s'avouant coupable.
2. ***Jaune*** : au Moyen Âge, cette couleur symbolise la trahison et le mensonge.
3. ***Aune*** : règle en bois servant à mesurer les étoffes.
4. ***Manant*** : homme pauvre.

nager, le manant tend l'oreille et s'étonne beaucoup d'entendre Renart. Il jette ses étoffes à terre et se précipite vers lui. Avisant Renart dans la teinture, il redouble de vitesse. Il veut le frapper sur la tête quand il s'aperçoit que c'est un animal, mais Renart lui crie d'une voix forte :

« Cher seigneur, ne me frappez pas ! Je suis une bête de ta corporation[1] et je peux, pour cette raison, t'être fort utile. Au prix d'efforts épuisants et répétés, je suis devenu beaucoup plus savant que toi. Je pense pouvoir t'apprendre le secret du mélange de teinture et de cendre car tu ignores comment le faire.

– Voilà qui est bien, dit le vilain[2]. Par où êtes-vous entré ici ? Pourquoi êtes-vous entré dans la cuve ? »

Renart répond : « Pour tremper et préparer cette teinture. C'est la méthode de Paris et de toute notre région. Maintenant, elle est prête à souhait. Aidez-moi à sortir et je vous dirai mes intentions. » À ces mots, le manant, voyant la patte que Renart lui tend, l'extirpe comme une brute et lui arrache presque le bras.

Quand Renart se voit sur la terre ferme, il dit deux mots au manant : « Mon brave, occupe-toi de ton ouvrage car moi, je n'y connais rien du tout. J'étais tombé dans ta cuve et je l'ai échappé belle car (que le Saint-Esprit m'assiste !) j'aurais dû y périr noyé. J'ai craint pour mes os mais, grâce à Dieu, j'en suis sorti. Ta teinture prend très bien : me voilà devenu jaune vif. Jamais on ne me reconnaîtra dans aucun lieu où l'on m'a déjà vu. J'en suis fort aise, Dieu m'est

1. ***Corporation*** : regroupement d'hommes d'un même métier, ici les teinturiers.

2. ***Vilain*** : voir Présentation, note 1, p. 7.

témoin, car le monde entier me hait. Restez donc ici. Pour moi, je pars chercher fortune dans ce bois. »

Là-dessus, il le quitte et s'enfuit vers un essart : il s'examine, s'admire beaucoup et part d'un rire joyeux.

[Branche Ib, vers 2205-2324.]

Renart jongleur

À l'écart du chemin, près d'une haie, il voit Isengrin, à son grand déplaisir, qui attendait une aubaine [1] car il avait une faim énorme. Le loup était très grand et très fort. « Hélas ! dit Renart, je suis perdu : Isengrin est fort et gras, alors que je suis amaigri, épuisé par la faim, dont j'ai connu tous les tourments. Je ne crois pas qu'il devine qui je suis, mais, lorsque j'ouvrirai la bouche, je peux être sûr qu'il me reconnaîtra entre tous. Je vais aller le trouver – advienne que pourra ! – pour avoir des nouvelles de la cour*. » Alors lui vient l'idée de changer de langage. Regardant de ce côté, Isengrin voit venir Renart à sa rencontre. Il lève la patte et se signe [2], plus de cent fois, je crois, avant que l'autre l'ait rejoint. Il a tellement peur que pour un peu il s'enfuirait. Après cela, il s'arrête : jamais il n'a vu semblable bête, elle doit venir d'un pays étranger. Voici Renart qui le salue :

« Goodbye, dit-il, cher seigneur. Moi pas savoir parler ton langue.

---

1. ***Aubaine*** : voir note 1, p. 70.

2. ***Se signe*** : fait le signe de croix, pour demander à Dieu sa protection.

– Que Dieu te garde, très cher ami ! D'où êtes-vous ? de quel pays ? Vous n'êtes pas originaire de France ni d'aucun pays que nous connaissons.

– Niet, mon seigneur, mais de Bertagne [1]. Moi foutre avoir perdu tout ce que j'avoir gagné et moi foutre chercher ma compagnon, moi foutre pas avoir trouvé quelqu'un pour renseigner-moi. Tout le France et tout le Angleterre j'avoir parcouru pour mon compagnon trouver. Moi avoir demeuré tant dans ce pays que moi connaître tout le France. Maintenant moi vouloir retourner, moi plus savoir où le chercher, mais moi avant tourner à Paris pour moi finir apprendre tout le français.

– Est-ce que vous avez un métier ?

– Ya, ya, moi être foutre très bon jongleur*. Mais moi hier foutre avoir été volé, battu et mon vielle [2] foutre avoir été pris à moi. Si moi foutre avoir un vielle, moi foutre dire bon rotruenge [3] et un beau lai [4] et un beau chant pour toi qui sembler une homme de bien. Foutre moi pas avoir mangé pendant deux jours entiers et maintenant je mangera volontiers.

– Comment t'appelles-tu ? dit Isengrin.

– Ma nom foutre être Galopin. Et vous, comment, seigneur, homme de bien ?

– Frère, on m'appelle Isengrin.

– Et foutre être né dans cette pays ?

---

1. ***Bertagne*** : Bretagne*, c'est-à-dire la Grande-Bretagne actuelle.

2. ***Vielle*** (fém.) : instrument à corde et à archet, ancêtre du violon et du violoncelle.

3. ***Rotruenge*** : poésie à refrain chantée par les troubadours*.

4. ***Lai*** : conte merveilleux en vers.

– Oui, j'y ai vécu longtemps.

– Moi foutre servir très volontiers ma répertoire[1] à tout le monde. Moi foutre savoir bon lai breton de Merlin et de Noton[2], du roi Arthur, et de Tristran, du chèvrefeuille[3], de saint Brandan[4]...

– Et tu connais le lai de dame Iseult[5] ?

– Ya, ya, by god, moi les savoir, absolument tous. »

Isengrin dit : « Tu me sembles très doué et très savant. Mais par la foi que tu dois au roi Arthur, n'aurais-tu pas vu – Dieu te garde ! – un méchant rouquin de sale race, un lèche-bottes, un traître au cœur de pierre, un trompeur et un roublard de première ? Ah ! Dieu, si je le tenais entre mes mains ! Avant-hier, il échappa au roi jouant d'astuce et de boniments[6], alors qu'on l'avait pris pour avoir outragé la reine et pour mille autres méfaits qu'il n'est jamais las de commettre. Il m'a tant fait de mal que je ne lui souhaite que du malheur. Ah ! si je pouvais le tenir entre mes mains, il mourrait sur-le-champ ! J'ai, pour le faire, la permission, l'ordre du roi. » Renart gardait la tête baissée :

« Par ma foi, dit-il, seigneur Isengrin, cette mauvaise canaille être complètement fou. Comment foutre sa nom être pelé ? dites-nous.

---

1. ***Répertoire*** (masc.) : ensemble des pièces que peut jouer ou chanter un artiste.
2. ***Noton*** : un des noms du diable.
3. Dans le *Lai du chèvrefeuille*, Marie de France rapporte la légende de Tristan et Iseult (fin du XIIe siècle).
4. *La Navigation de saint Brandan* (début du XIIe siècle) racontait la découverte du paradis et de l'enfer.
5. ***Merlin***, ***Arthur***, ***Tristan***, ***Iseult*** : héros légendaires de Bretagne célébrés dans la littérature courtoise de la fin du XIIe siècle.
6. ***Boniments*** : paroles trompeuses et séduisantes.

– Comment il a nom ?

– On le pèle donc Anon ? »

À ces mots, Isengrin éclate de rire, mis en joie par le nom d'Anon. Il ne donnerait pas cette plaisanterie pour tout l'or du monde.

« Vous voulez connaître son nom ?

– Oui, comment foutre être pelé ?

– Ce misérable s'appelle Renart. Il nous berne tous, il nous roule tous dans la farine. Ah ! Dieu, si je pouvais le tenir entre mes mains ! La terre serait débarrassée de lui, il n'y occuperait plus qu'une toute petite place !

– Lui être foutrement fichu si toi l'avoir trouvé. Par la foi que vous devez au saint martyr*, à saint Thomas de Cantorbire[1], pour tout l'or que Dieu avoir, moi foutre pas vouloir lui ressembler.

– Vous avez raison, dit Isengrin, car ni Apollon[2] ni tout l'or du monde ne pourraient dans ce cas vous protéger de la guerre. Mais parle-moi plutôt, mon cher ami, de ce métier que tu exerces. Saurais-tu t'en tirer à la cour mieux qu'aucun autre jongleur et échapper aux critiques des gens de ce pays ?

– Par monseigneur saint Jérusalem, moi foutre pas encore avoir trouvé mon maître.

– Alors, viens avec moi : je te présenterai au roi et à sa majesté la reine, une très élégante jeune personne. Comme je te vois beau et séduisant, je te présenterai aux courtisans.

1. ***Thomas de Cantorbire*** : Thomas Beckett, archevêque de Cantorbéry, en Angleterre, assassiné en 1170 sur l'ordre d'Henri II Plantagenêt.
2. ***Apollon*** : dieu de la mythologie grecque. Dans les chansons de geste, c'est le dieu des musulmans.

Si tu acceptes de venir à la cour, je me charge de t'y faire engager.

– Foutre grand merci, dit Galopin. Moi savoir de foutus bons tours, moi savoir aussi foutues bonnes blagues, avec ça, moi être le coqueluche[1] à la cour. Si moi pouvoir avoir un vielle moi dire foutue bonne ritournelle et chanter foutu couplet de chanson pour toi qui sembler foutu homme de bien. »

Isengrin reprend : « Sais-tu ce que tu vas faire ? Viens donc. Je sais qu'il y a une vielle chez un paysan, car toute la nuit tous ses voisins se réunissent chez lui. Il s'en sert pour amuser ses enfants, il ne se passe pas de nuit sans que je l'entende. Par la foi que je dois à saint Pierre, la vielle est en parfait état. Si tu viens avec moi à la cour, tu l'auras, quoi qu'il puisse arriver ! » Alors ils se mettent en route, en joyeuse compagnie.

[Renart et Isengrin s'introduisent chez le paysan, le goupil s'empare de la vielle, puis laisse son compagnon prisonnier dans la maison : Isengrin se fait rosser par le paysan et son chien.]

Renart s'en va à travers le bocage[2]. Il a laissé Isengrin en gage, en échange de la vielle qu'il emporte, le cœur content et plein d'entrain. Le rusé fait si bien qu'en quinze jours il apprend à en jouer comme les meilleurs musiciens.

Parcourant ainsi la contrée, il tombe sur sa femme : elle est en compagnie d'un jouvenceau[3] et veut l'épouser sans

1. ***Être l[a] coqueluche*** (fém.) : avoir un grand succès, être une idole.
2. ***Bocage*** : petit bois.
3. ***Jouvenceau*** : jeune homme.

attendre. C'est un cousin de Grimbert le blaireau. À sa vue, Renart s'arrête, il les a tout de suite reconnus. Sa femme aurait épousé Poncet le pou depuis longtemps si celui-ci avait trouvé un jongleur [1]. Mais Hermeline n'est pas à blâmer car tout le monde dit que Renart est mort. Tibert leur a affirmé, dur comme fer, qu'il avait vu élever Renart au sommet de grandes et hautes fourches, où on l'avait pendu les pattes liées derrière le dos. « C'était Renart tout craché, je l'ai vu se balancer à une corde », avait expliqué le chat. « Je vous crois bien volontiers, avait répondu la dame, car il avait, je le sais, commis tant de crimes contre son seigneur que si un baron* pouvait l'attraper, il devait le faire pendre sur-le-champ. » On en reste là et, étroitement enlacés, Hermeline et Poncet se bécotent.

Incapable de se retenir davantage, Renart pousse un très grand soupir. Il marmonne à l'adresse de Poncet : « Tu le regretteras bientôt. » La dame, tendrement, embrasse et étreint son nouveau maître. Ils voient Renart venir à leur rencontre, la vielle au cou. Ils s'en réjouissent et, sans le reconnaître, le saluent poliment :

« Qui êtes-vous, cher frère ?

– Seigneur, moi être un foutu bon jongleur et moi savoir beaucoup de foutues bonnes chansons que moi avoir pris à Besançon. Je sais aussi beaucoup de bons lais [2] et jamais on ne trouverait meilleur jongleur que moi. Je sais bien raconter et chanter des histoires drôles. Par la foi que je dois à monseigneur Colas [3], bien foutre sembler que

1. La fête du mariage était toujours animée par un jongleur.
2. ***Lais*** : voir note 4, p. 109.
3. ***Monseigneur Colas*** : déformation de saint Nicolas.

tu l'aimes et elle bien sembler aimer toi. Et où toi vouloir aller ? »

Poncet répond alors : « S'il plaît à Dieu, nous allons entendre la messe. Nous nous rendons tous à l'église où j'ai l'intention d'épouser cette dame. Son mari est mort il y a peu de temps, il s'était attiré la haine violente du roi qui l'avait pris plusieurs fois en flagrant délit : aujourd'hui, le roi peut s'estimer satisfait. Ce trompeur s'appelait Renart. C'était un félon [1], un traître, un être perfide. Aussi l'a-t-on pendu haut et court. Il lui reste trois fils superbes, de beaux jeunes gens. Ils espèrent avoir vengé leur père avant le moment des vendanges. Déjà ils sont partis chercher de l'aide auprès de madame l'Once [2], honnie de tous. Elle tient le monde entier dans sa main et l'univers, avec ses bois et ses plaines. Aucune bête d'ici jusqu'aux limites du royaume, même des plus hardies ou des plus fortes, ours, chien, loup ou autre bête, n'ose tourner la tête vers elle. Les frères partent s'engager à son service ; ils laissent tous leurs biens à leur mère, une dame très distinguée, que je prendrai bientôt pour femme. L'affaire est si bien engagée qu'avant demain soir le mariage sera conclu. »

Renart réplique entre ses dents : « Tu ne vas pas tarder à le regretter. Tu te fourreras bientôt dans un sacré pétrin ; même en échange d'un morceau de lard, tu ne voudrais pas que cela t'arrive. »

« Vraiment, seigneur, dit Poncet qui est plein d'élégance et de charme, si vous voulez être de notre noce, il ne nous

1. ***Félon*** : seigneur vassal* qui viole les engagements pris envers son suzerain*.

2. ***Once*** : lynx.

manquera plus alors que le prêtre. Je vous paierai largement après la cérémonie.

– Soyez-en foutre remercié, cher seigneur, dit Renart. Moi saurai faire tout ce qu'il te plaira. Moi savoir bon chanson d'Ogier, d'Olivant, de Rollier et de Charlon[1] au tête chenue[2].

– Alors, vous êtes bien tombé. »

Et le diable d'animal de marmonner : « Et vous, vous êtes bien mal lotis. » Sur ce, ils se mettent en route, Renart viellant[3], plein d'une joyeuse exubérance, tant et si bien qu'ils arrivent à la tanière qui était très vaste. Au spectacle de son château en ruines que l'on ravage et détruit, Renart reste impassible[4]. Sans cesser de plaisanter, il calcule que, s'il vit assez vieux, certains qui rient aujourd'hui pleureront demain.

À travers tout le pays et le royaume, Poncet invite ses amis. Si vous voyiez toutes les bêtes qui viennent ! Impossible de les compter. De très loin, tous se rassemblent et font grand bruit dans le village. Dame Hersant arrive à la noce dans ses beaux atours. La foule des invités célèbre joyeusement les noces. Renart leur chante un air, Tibert le chat et Brun servent à table. Les cuisines regorgent de chapons[5] et de poules. Et le jongleur chante ses chansons,

1. ***Ogier le Danois*** : héros de chanson de geste, adversaire de Charlemagne. ***Olivant*** et ***Rollier*** : inversion comique d'Olivier et Roland, les meilleurs barons de l'empereur « Charlon » (Charlemagne).
2. ***Chenue*** : aux cheveux blancs.
3. ***Viellant*** : jouant de la vielle (voir note 2, p. 109).
4. ***Impassible*** : qui ne laisse paraître aucune émotion.
5. ***Chapons*** : jeunes coqs châtrés et engraissés.

à la satisfaction générale. Sa verve[1] est intarissable, dans son jargon anglais.

Le repas achevé, ils se retirent en toute hâte, chacun en son gîte, si bien qu'il ne reste personne – ni bons, ni méchants, ni pelés, ni poilus. Renart reste par obligation professionnelle. Dame Hersant entre dans la chambre de la mariée et avec Poncet fait le lit dans lequel il pense avoir du bon temps.

Il y avait, à une lieue de là, et Renart le savait très bien, la tombe d'une martyre dont vous avez entendu déjà parler : c'était celle de Coupée[2]. Tout le monde disait qu'elle faisait de vrais miracles. Aucun malade n'y venait, fût-il à l'article de la mort, sans être aussitôt guéri de son mal. Renart y était allé et avait vu, la veille, deux lacets tendus et un piège enfoncé dans la terre. Il l'avait solidement fixé avec quatre clous volés à un paysan, et l'avait caché et placé là, sachant bien qu'il en aurait besoin car il voyait loin. À l'heure où Poncet devait se coucher, il le fit venir devant lui et lui dit en son jargon : « Seigneur le Poux, toi agir sagement : si toi croyez ce que je te dira, il t'arrivera un grand bonheur. Toi bien savoir ce que moi vouloir dire. Là-bas reposer un saint martyr, par lui, Dieu faire beaucoup de miracles : si toi vouloir aller pieds nus et porter une chandelle en ton main, et toi veiller toute la nuit et toi vouloir luminer ton chandelle, toi demain engendrer un fils. » Poncet répond : « Très volontiers. » Alors ils se mettent en route.

1. ***Sa verve*** : son inspiration, son imagination.

2. Voir « Le jugement de Renart », p. 83.

Poncet tient à la main une chandelle aussi brillante qu'une étoile ; sous un pin, sur un tertre, ils trouvent la tombe. Renart s'écarte, l'autre passe le premier : « Bassez, le Poux, Dieu te bénisse ! » Celui-ci s'avance malgré sa peur, et voyant cela, Renart le pousse en avant avec une telle violence qu'il tombe dans les lacets, pris par le cou et l'un des bras. Le voilà tombé en plein dans le piège qui était fixé dans le creux. Il tire fort... son bras se casse tandis que le lacet le serre atrocement. Il fait de vigoureux efforts, il tire de toutes ses forces, invoquant Dieu et la protection de la martyre. Pas un de ses parents n'est là. Il tire, tire encore. En vain. Et Renart, d'en haut, le couvre de quolibets : « Le Poux, toi foutre avoir beaucoup prié et toi être ici trop longtemps demeuré. Il faut que cette martyre vous aima beaucoup pour ne pas toi laisser repartir. Toi vouloir devenir, je crois, moine ou chanoine, en cette posture. Ou toi venir ou moi j'ira. Suis-moi bien. Je lui dira que toi vouloir devenir ermite et la martyre foutrement vous retenir. C'est foutrement étonnant que toi vouloir veiller tout le nuit, alors que toi être jeune marié : ta femme foutrement vous attendre et déjà la nuit être foutrement noire. » Alors voici venir à toute allure quatre mâtins et un paysan, ils trouvent Poncet mal en point. Ils l'ont tellement tiré dans tous les sens qu'ils l'ont écartelé et achevé. Voyant cela, Renart s'effraie et prend la fuite à travers une haie, rebroussant chemin au grand galop. Il s'enfuit vers sa tanière.

[Branche Ib, vers 2325-2478 et 2743-2990.]

[De retour chez lui, Renart chasse sa femme infidèle avant de se réconcilier avec elle. Mais il demeure recherché par le roi.]

RENART MÉDECIN

[Sachant le roi malade, Grimbert va chercher son cousin Renart afin qu'il guérisse Noble et rentre ainsi en grâce. Noble demande au goupil de le soigner.]

[Le roi dit :] « Vous, Renart, occupez-vous de moi, dépêchez-vous de prendre vos dispositions ! Le mal dont je souffre m'a ôté la vue, et je ne pense pas voir la Pentecôte [1]. Je ne puis vous dire seulement la moitié des souffrances que mes brûlures me font endurer.

– Vous serez guéri, répond Renart, avant trois jours. Apportez-moi un urinal [2], et j'y diagnostiquerai votre mal. »

L'urinal apporté, Noble s'est laissé glisser du lit, et a rempli le récipient plus qu'à moitié.

« Bien, bien ! » dit Renart qui a levé l'urinal, puis ajouté : « Dieu me sauve ! La fièvre est encore bien forte, mais je possède la potion qui la fait tomber. Sire Noble, il faut me prêter une grande attention : voulez-vous guérir de ce mal, oui ou non ?

– Oui, répond Noble, c'est mon plus cher désir.

1. ***Pentecôte*** : voir note 3, p. 45.
2. ***Urinal*** : bassin pour uriner.

– Alors, faites-moi fermer ces portes et apporter tout ce que je vous demanderai. J'extirperai cette maladie de votre corps et je chasserai la fièvre quarte[1] qui vous empuantit l'haleine.

– Très volontiers, répond Noble : tu auras tout ce qui t'est nécessaire.

– Sire, dit l'autre, prenez bonne note de ceci : tout d'abord, il me faut la peau du loup, y compris celle de sa hure[2]. Tous vos parents pourront voir comme je m'y entends en astronomie, car je vous aurai sauvé. »

Ces propos remplissent d'épouvante Isengrin qui crie merci à[3] Dieu : il n'y a pas d'autre loup que lui dans la salle. Voici venu pour Renart le jour de la vengeance. Noble retrousse ses babines, contemple l'assistance, puis, tout pensif, fixe le loup à qui il dit :

« Mon très cher ami, vous pouvez aider à me soulager de ce grand mal.

– C'est la vérité, ajoute Renart. Il lui est facile de vous aider, il lui est facile de vous prêter sa peau, car nous entrons dans la nouvelle saison et sa peau aura tôt fait de repousser, il ne souffrira pas du froid, même s'il est nu.

– Sire, réplique Isengrin, ne faites pas cela ! Voulez-vous donc déshonorer vos sujets ? Ce n'est pas une mince affaire que de me dépouiller de ma pelisse.

– Parbleu, dit le roi, Isengrin est d'une rare politesse pour oser me contredire. Il va en être récompensé. Attrapez-le séance tenante et écorchez-le sur-le-champ ! »

1. ***Fièvre quarte*** : fièvre intermittente qui revient tous les quatre jours.
2. ***Hure*** : tête d'un animal.
3. ***Crie merci à*** : demande pitié à.

On l'attrape donc de tous les côtés, par les bras et par les pieds, et on le dépouille de sa peau. Quel calvaire pour le malheureux qui sort au trot de la salle, après avoir largement payé son écot[1] !

« Sire, reprit Renart, je vous en prie, ne perdez pas de temps à vous prononcer. Il vous faut prendre, sur les bois du cerf, dans toute sa longueur, le nerf principal, en le tirant en arrière, car j'ai vu dans l'urine votre maladie et le remède pour vous guérir : il faut vous le procurer, c'est nécessaire ; il faut aussi découper sur son dos une lanière qui vous soulagera beaucoup, soyez-en sûr, si vous en faites une ceinture. Ainsi serez-vous à l'avenir préservé de toute fièvre, de toute goutte[2], je l'ai vu dans l'urinal.

– C'est bien possible », dit le roi, qui, voyant Brichemer assis à la table, le désigne de sa patte, car il est incapable de bouger la tête.

Sur l'ordre du roi, le cerf est mis à mal. On le renverse ; d'un bout à l'autre du dos, on découpe une lanière avec un couteau, non sans lui lacérer la peau ; on brise ses bois, puis on le chasse de la salle. Ces deux-là ont largement payé leur part. Jamais plus, dans une foire ou un marché, ils n'auront à régler aucun droit, on les en dispensera partout.

« Tibert, dit alors Renart, approche-toi ! Tu nous laisseras bien quelque chose de ta personne : on va te dépouiller de ta peau pour en envelopper les pieds de monseigneur. » Tibert commence à gronder, mais, comme ce n'est pas le moment de répondre ni de discuter devant tout le monde,

---

1. ***Son écot*** : sa part.
2. ***Goutte*** : inflammation des articulations.

car il n'y a aucun parent[1], il bondit, fait ses préparatifs et, sans prendre congé, s'éloigne de la cour*. La porte étant fermée, il saute par un trou qui se trouve en hauteur. Il s'en va donc à toute vitesse et se réfugie dans un enclos. « Celui-ci s'en va, dit alors Renart. Maudit soit mon géniteur, si je peux tenir le chat entre mes mains et que je ne le lui fasse pas payer ! » Renart, regardant autour de lui, voit les barons* angoissés par ses gestes. Chacun craint pour sa peau. Renart appelle Roenel :

« Fils de rien, teigneux[2], prépare-moi un feu en vitesse, prends-moi la peau du loup, lave-la, essuie-la, et étends-la devant moi.

– Bien volontiers, seigneur, puisque vous le souhaitez. On fera tout ce que vous voudrez.

– Quant à vous, sire Grimbert le blaireau, vite, par ici, à genoux ! Et vous, Belin, approchez-vous ! »

Ils accourent tout affolés. « Courez vers monseigneur, et que Dieu vous couvre de honte ! Allez, dépêchez-vous, ne perdez pas une minute, apportez monseigneur. » Ils s'exécutent dare-dare. Renart a pris un onguent[3].

« Sire, dit-il, je vous guérirai, je supprimerai cette fièvre. Mais il vous faudra souffrir un peu.

– Mon plus vif désir, répond Noble, c'est d'être guéri de cette maladie qui m'a ôté toutes mes forces. »

Renart le fait s'allonger sur le ventre, puis lui met dans le nez de son ellébore[4] qui était un remède très actif. Aussi

1. ***Il n'y a aucun parent*** : … pour le défendre.
2. ***Teigneux*** : malade de la teigne, pouilleux.
3. ***Un onguent*** : une pommade.
4. ***Ellébore*** : plante médicinale, purgatif.

le roi commence-t-il à s'échauffer et à enfler et à s'agiter tant et si bien qu'un gros pet lui échappe et qu'il éternue sans cesser de se démener. Le roi souffre terriblement, enflé, éternuant, la peau du dos mouillée de sueur.

« Me voilà enflé à éclater, dit Noble.

– Ne vous tourmentez pas, répond Renart. Vous êtes guéri, vous n'avez plus rien à craindre. »

Et le roi aussitôt de péter, sous l'effet de la potion qui lui échauffe les boyaux. Renart l'étend à côté du feu, puis prend la peau du loup dans laquelle il couche le lion. Sortant ensuite une autre potion, il le fait avaler à son seigneur qui, dès qu'il en a goûté, ne ressent plus mal ni faiblesse.

« Je suis guéri, déclare-t-il, mille fois merci ! Je vous fais maître de ma terre. Vous pourrez faire la guerre à qui vous voudrez, je vous viendrai en aide, et vous donnerai deux beaux châteaux. Me voici complètement guéri, je n'ai plus mal du tout, vous en serez largement récompensé.

– C'est Dieu qu'il faut remercier, si j'ai pu vous guérir. Sire, je voudrais maintenant m'en aller rassurer Hermeline que je n'ai pas vue depuis deux mois et qui sera très heureuse de me revoir. Je lui donnerai de vos nouvelles qu'elle aura plaisir à entendre. Sire, Brichemer me hait, bien que je ne lui aie fait aucun mal, tout comme Isengrin votre prévôt[1]. Les torts sont de leur côté, c'est évident ; toutefois, s'ils pouvaient me prendre, ils me feraient mourir dans les pires souffrances. Sire, donnez-moi une bonne escorte qui m'évite tout ennui.

---

1. ***Prévôt*** : officier du roi, chargé de l'administration de son domaine.

– Bien volontiers», répond Noble qui fait donc partir cent chevaliers, lesquels chevauchent si fort qu'ils arrivent à Thérouanne[1] un bon moment avant midi, après avoir épuisé leurs montures.

L'escorte s'en retourne, tandis que Renart pénètre dans sa tanière, bien vengé de ses ennemis. Il reste dans son château pendant une longue période, car il craint pour sa sécurité.

[Branche X, vers 1499-1704.]

1. ***Thérouanne*** : autre nom de Maupertuis. C'est aussi le nom d'une ville du nord de la France, évêché important au XIIe siècle.

PETIT LEXIQUE DU MOYEN ÂGE

A

ABBAYE : monastère* placé sous la direction d'un abbé.

AMOUR COURTOIS : voir **COURTOISIE**.

B

BARON : grand seigneur du royaume.

BESTIAIRE : recueil de textes qui décrivent les comportements des animaux et analysent leur signification religieuse et morale.

BRETAGNE : aujourd'hui la Grande-Bretagne (Angleterre, pays de Galles, Écosse). La Bretagne actuelle, en France, colonisée très tôt par des Bretons venus d'Angleterre, était alors nommée « Armorique » ou « Petite Bretagne ».

BRETON : originaire de Bretagne*.

C

CLERC : homme d'Église (moine ou prêtre) ; plus généralement homme instruit, car toute instruction était dispensée par l'Église.

COUR : réunion des barons* autour d'un roi ou d'un prince.

COURTOISIE : amour noble et raffiné cultivé dans les cours* seigneuriales.

CROISADES : expéditions militaires menées aux XIIe et XIIIe siècles pour libérer de la domination musulmane la Terre sainte où vécut le Christ (Jérusalem et la Palestine).

F

FABLE : court récit destiné à illustrer une règle de morale ; on y voit souvent des animaux se comporter comme des hommes.

FABLIAU : histoire courte et plaisante mettant en scène des gens du peuple.

FÉODALITÉ : organisation politique et sociale médiévale, caractérisée par l'existence de seigneuries et de fiefs*.

FIEF : terre accordée par un seigneur à son vassal* en échange de son dévouement.

G

Goupil : ancien nom du renard*.

J

Jongleur (du latin *joculari*, « plaisanter », « jouer ») : saltimbanque ou trouvère* de condition modeste.

L

Langue d'oc : forme de roman* parlée dans le sud de la France.

Langue d'oïl : forme de roman* parlée dans le nord de la France.

M

Martyr(e) : homme (ou femme) ayant souffert la mort pour avoir défendu sa foi en Dieu.

Monastère : établissement où des moines vivent isolés du monde.

P

Pèlerinage : voyage à destination des lieux saints. Les principaux pèlerinages étaient ceux de Saint-Jacques-de-Compostelle (Espagne), de Rome et de Jérusalem ; voir **Croisades.**

Pierre de Saint-Cloud : auteur probable des premiers récits du *Roman de Renart*. Sa vie nous est inconnue.

R

Reliques : restes des corps des saints martyrs ou des objets leur ayant appartenu. On leur attribuait des pouvoirs magiques.

Renard : voir **Renart.**

Renart : nom propre d'origine germanique ; Reinhart est aujourd'hui encore un nom de famille très répandu en Allemagne. Il servit à désigner le personnage du goupil dans l'*Ysengrimus** (Reinardus) puis dans *Le Roman de Renart*. Les aventures de « Renart le goupil » connaîtront un tel succès que, dès le Moyen Âge, le mot « renart » finira par désigner le goupil lui-même. On l'écrira ensuite avec un *d* final.

Roman : 1. Ancien français parlé au Moyen Âge. 2. Récit imaginaire écrit en ancien français.

S

Saint(e) : homme (ou femme) ayant atteint un grand degré de perfection chrétienne dans sa vie. Après sa mort, le saint faisait l'objet d'un culte.

Sarrasin : musulman.

Suzerain : seigneur ayant confié certains de ses fiefs* à des vassaux*.

T

Tournoi : compétition guerrière où s'affrontaient les chevaliers, à cheval ou à pied.

Troubadour ou Trouvère (du latin *tropare*, « trouver », « inventer ») : poète, à la fois compositeur et interprète. Il chantait son texte en s'accompagnant d'un instrument de musique. Les trouvères parlaient en langue d'oïl*, les troubadours en langue d'oc*.

V

Vassal (vassaux au pl.) : seigneur ayant prêté hommage à un suzerain* ; en échange d'un fief*, il lui a promis un soutien militaire en cas de guerre et une présence régulière à sa cour*, afin de le conseiller.

Y

Ysengrimus : épopée savante en vers latins composée au milieu du XIIe siècle par le moine Nivard de Gand. On y retrouve les principaux personnages du *Roman de Renart*, écrit quelques années plus tard, et certaines de leurs aventures.

DOSSIER

■ Dialogue du trouvère et de la demoiselle sous l'arbre. Miniature du XIIIe siècle.

Avez-vous bien lu ?

La présentation

1. Vrai ou faux ?

A. Au Moyen Âge, tous les savants parlaient le latin et le grec.
B. Un seigneur pouvait être plus puissant que son roi.
C. Aliénor d'Aquitaine mit à la mode *La Chanson de Roland*.

2. Faites votre choix

Parmi les textes suivants, lesquels servirent probablement de modèles au *Roman de Renart ?*

A. les bestiaires
B. les *Fables* de La Fontaine
C. l'*Ysengrimus* de Nivard de Gand
D. les fabliaux

Au Moyen Âge, un roman est :

A. un recueil de contes d'animaux écrits en français
B. une épopée écrite en vers et en latin
C. un récit imaginaire écrit en français
D. une histoire d'amour écrite en breton

« Renart » est

A. le nom d'un héros, qui sert aujourd'hui à désigner le goupil
B. une épopée écrite en vers et en latin
C. l'ancien nom latin du goupil
D. le nom de famille du comte Thibaud

Dans la liste suivante, retrouvez les noms de héros de chansons de geste et de romans courtois :
Percehaie, Roland, Olivant, Perceval, Isengrin, le comte Thibaud, Olivier, Aliénor d'Aquitaine, Charlemagne, Louis VII, Arthur, Poncet, Rolier, Merlin, Pierre de Saint-Cloud, Iseult, Ogier, Henri Plantagenêt, Rovel, Tristan, Hermeline.

Le Roman de Renart

À chacun son rôle

Sur le modèle de la première ligne, complétez l'identité des personnages suivants :

Nom	Animal	Ami ou ennemi de Renart ?
Chantecler	Coq	Ennemi
Poncet		
	Lionne	
Brichemer		
	Blaireau	
Tardif		
Pinte		
	Corbeau	

Au côté de Renart, quatre autres goupils sont présents dans le récit. Saurez-vous retrouver leurs noms dans les grilles suivantes ? À chaque lettre est associé un même chiffre.

H 1	2	3	4	2	5	6	7	2

4	8	5	2	9	3	8	7	10	1	2

11	2	3	10	2	1	8	6	2

3	12	12	2	5

La bête humaine

1. Dans quel épisode Renart discute-t-il avec un homme ?

2. Dans l'extrait suivant, relevez les mots qui renvoient au monde des hommes et ceux qui renvoient à celui des animaux. Vous distinguerez les noms, les adjectifs et les verbes.

Le roi, en dépit des mécontents, avait imposé la réconciliation en sorte que la guerre entre Renart et Isengrin aurait bel et bien pris fin si Chantecler et Pinte n'étaient venus à la cour en compagnie de trois autres poules pour porter plainte devant le roi contre Renart. Maintenant, il va être difficile d'éteindre l'incendie car sire Chantecler le coq ainsi que Pinte, la poule qui pond les gros œufs, et Noire, et Blanche, et Roussette amènent une charrette enveloppée de rideaux. Une poule repose à l'intérieur, sur une litière aménagée en cercueil. Renart, de ses dents, l'a si rudoyée et maltraitée qu'il lui a brisé la cuisse et arraché une aile.

« Par Dieu, dit [Pinte]. […] J'avais cinq frères, […] ce voleur de Renart les mangea tous. […] Du côté de ma mère, j'avais cinq sœurs. Toutes prirent le chemin de son gosier. Et vous qui gisez dans ce cercueil, ma douce sœur, mon amie chère, comme vous étiez tendre et grassouillette ! »

	Monde des hommes	**Monde des animaux**
Noms ou groupes nominaux		Gros œufs, …
Adjectifs		
Verbes ou locutions verbales	Porter plainte, …	

Le carnaval des animaux

1. À quelle particularité physique reconnaît-on un moine ? Pourquoi Isengrin veut-il devenir moine ?

2. Parmi les rôles suivants, lesquels Renart n'a-t-il pas joués : *goupil blessé, goupil mort, pèlerin, jongleur, médecin, teinturier, moine*.

Des histoires sans morale ?

Dans *Le Roman de Renart*, la morale de l'histoire est rarement exprimée, mais elle est souvent suggérée par l'auteur. Saurez-vous deviner quels épisodes illustrent les proverbes suivants ? Reliez chaque proverbe à l'épisode correspondant.

Il est bon de parler, et meilleur de se taire	•	•	« Renart médecin »
Il y a loin de la coupe aux lèvres	•	•	« Renart jongleur »
La vengeance est un plat qui se mange froid	•	•	« Renart et Chantecler le coq »
On perd tout à vouloir tout gagner	•	•	« Renart et les anguilles
Il n'y a pas d'éternelles amours	•	•	« La pêche à la queue »

Le Roman de Renart en version originale

Le texte des aventures de Renart que vous avez lu est une adaptation : sa version originale est en roman, l'ancien français que l'on parlait au Moyen Âge. Cette langue ancienne variait selon les régions : au Sud, où « oui » se disait « oc », on parlait la langue d'oc ; au Nord, où le même mot se disait « oïl », on parlait la langue d'oïl. C'est en langue d'oïl que fut écrit *Le Roman de Renart*.
Vaut-il mieux lire le texte initial ou sa traduction ? Pourriez-vous comprendre quelques vers en langue d'oïl sur un manuscrit médiéval ? Vous le saurez après avoir étudié les deux extraits suivants que nous vous proposons dans leur version originale.

La mort de Renart

Il s'agit ici d'un épisode que vous n'avez pas encore lu. Au cours d'une partie d'échecs avec Isengrin, Renart a tout misé, et tout perdu... même ses parties sexuelles, que le loup a clouées sur l'échiquier ! Renart souffre horriblement et finit par perdre connaissance. La cour endeuillée organise des funérailles en grandes pompes : tous les animaux chantent la messe, Brun creuse la fosse, Chantecler accompagne le mort et l'âne Bernard conduit la cérémonie – c'est l'archiprêtre – et fait l'éloge de celui qui a mené « une vie de martyr et d'apôtre » !

TEXTE ORIGINAL (langue d'oïl)		**TRADUCTION** (français moderne)
En la fosse, sanz plus attendre,		....
L'ont mis et couchié doucement.		....
Et l'arceprestre isnelement		....
Geta sus l'eve beneoite		....
Pour ce que chose maleoite		Pour qu'aucune créature maléfique
Ne se peüst au cors bouter.		Ne puisse s'introduire dans son corps
Quant vint a la terre giter,		Le moment venu de jeter la terre
De coi Brun l'ours le voult couvrir		Dont Brun l'ours voulait le couvrir
Renart ▲*prist* les ▲▲*iex* à ouvrir.	▲*commença* ▲▲*yeux*	....
Quand ▲*vit* le roi et ▲▲*le barnage*	▲*il vit* ▲▲*les barons*	....
▲*Cuer* prist en soi et ▲▲*vasselage* ;	▲*courage* ▲▲*vaillance*	....
A ▲*li garir* mist cuer et ▲▲*cors*,	▲*se sauver* ▲▲*force*	....
▲*Joinz piez* ▲▲*saut* de la fosse [horz.	▲*à pieds joints* ▲▲*il saute*	....
Chantecler, qui tint l'encensier,		Il prit entre ses dents Chantecler
Prist as dens, ne le volt lessier.		Qui tenait l'encensoir : pas question de le laisser !
A tout s'en va tout eslessié		Il s'enfuit avec lui à toute allure,
Et se feri en.l. plessié.		Et se jette dans un enclos fermé de haies.

Deviner

Voici dans le désordre la traduction des quatre premiers vers ; remettez-les dans l'ordre et récrivez-les dans la traduction ci-dessus :

Et l'archiprêtre, aussitôt
Ils l'ont mis et couché doucement
Dans la fosse sans plus attendre
Jeta dessus de l'eau bénite

Observer

1. Dans ces quatre premiers vers en langue d'oïl, relevez trois mots qui diffèrent d'une seule lettre par rapport à la traduction française :

– ....

– ....

– ....

– ....

2. Retrouvez comment se dit en langue d'oïl :

– l'eau bénite : ....

– vite, aussitôt : ....

– ils l'ont mis : ....

3. Observez le dernier vers de l'extrait et comparez-le à la traduction : comment écrit-on les chiffres en ancien français ?

Traduire

1. Écrivez en langue d'oïl la phrase suivante : « À la hâte, Renart jeta l'archiprêtre dans la fosse. »

2. Traduisez à présent les vers 9 à 13.

Lire

1. Lisez l'ensemble de la traduction que vous avez complétée : quel est le coup de théâtre de cet épisode ? À quel vers intervient-il ?

2. Lisez maintenant le texte en langue d'oïl et à haute voix. En vous aidant de la traduction, efforcez-vous de comprendre le sens de ce que vous lisez. Attention ! En ancien français, toutes les lettres se prononcent, sauf le *-e* muet en fin de vers. *Exemple* : « Geta sus l'eve beneoite » se lira « Dje-ta-suss-l'èv-e-be-ne-oit' ».

3. Obervez les vers : combien de syllabes y comptez-vous ? Quelle particularité propre à la poésie remarquez-vous à la fin de chaque vers ?

4. Comparez les deux caractéristiques que vous venez de repérer (nombre de syllabes et terminaisons des vers) : se retrouvent-elles dans la traduction ? Pourquoi ? Quel texte préférez-vous : l'original ou la traduction ?

Faire le point

Reconstituez correctement le texte suivant en choisissant la bonne option dans ses parties écrites en gras :
En ancien français, les pronoms sujets (je, tu, il...) **sont/ne sont pas** toujours exprimés et l'ordre des mots est **très libre/très strict**. Certains mots de l'ancien français **ont/n'ont pas** disparu du français moderne mais la plupart **ont/n'ont pas** été transmis avec une autre orthographe et une autre prononciation.
Le Roman de Renart est un texte écrit en **vers rimés/non rimés. Tous les vers/Certains vers** sont des **octosyllabes/alexandrins**.
Quand Renart, prisonnier dans le puits, demande à Isengrin s'il s'est confessé de ses péchés, le loup répond « **Oïl/Oc**, [...] a un viel levre et a une barbie chievre[1] ».

Déchiffrer un manuscrit

Page suivante est reproduit un manuscrit du XIVe siècle conservé à la Bibliothèque nationale de France. Il s'agit du début d'un épisode du *Roman de Renart* que vous connaissez fort bien. Saurez-vous

1. Voir p. 54, l. 107 (« Renart et Isengrin dans le puits »).

Entre li mons en une plaigne
tot droit aupie dune mõtaigne
desus une riuiere adestre
la nit ꝯ en tals tel estre
Nue lagent netent guetes uiande
Laint ꝯ·a· son plante
Leue passe outre ꝛ uint tot droit
La ou li sont plante estoit
Entor le fust aser satreche

l'identifier, après en avoir déchiffré quelques lignes ? Quelques questions vous mettront sur la piste : elles concernent les quatre premiers vers.

1. LETTRINE. La grosse lettre ornée qui ouvre le texte est la première lettre du premier mot : on l'appele *lettrine*. Sur cette page, la lettrine est un :

– E

– I

– S

2. NOMBRES. Dans le premier vers, retrouvez le nombre « deux ».

3. ABRÉVIATIONS. Pour le copiste, le papier était précieux et le travail fort long. C'est pourquoi, lorsque c'était possible, on abrégeait les mots.

– Au quatrième vers retrouvez le signe curieux qui désigne « Renart » et tentez de le retranscrire.

– Certains mots sont abrégés : retrouvez les mots ***monteigne*** (montagne) et ***molt*** (très) : dans ces mots, quelles lettres ont été supprimées ? par quels signes sont-elles signalées ?

4. CAROLINE. Pour un lecteur moderne, certaines lettres de ce manuscrit sont difficiles à déchiffrer. Cette écriture, que l'on appelle caroline, car elle fut inventée sous le règne de Charlemagne, remplaça pourtant une écriture encore plus difficile à lire !

– Retrouvez les mots suivants et essayez d'en reproduire la graphie :

- ***tot droit*** (exactement)
- ***a destre*** (à droite)
- ***estre*** (endroit)

– Comment écrit-on un *d* : .... ? un *t* : .... ? un *s* : .... ? un *r* : .... ?

5. GARE AUX FAUTES ! Au quatrième vers, le copiste a probablement fait une faute, confondant « en » (dans) et « un » : l'avez-vous vue ? Pourquoi ne l'a-t-il pas corrigée ?

6. LE SENS DES MOTS. Retrouvez dans le texte les mots suivants et devinez-en le sens :

– ***entre*** : ....

– ***vit*** : ....

– ***riviere*** : ....

– ***desus*** : ....

– ***plaigne*** : ....

– ***au pié*** : ....

– ***bel*** : ....

– ***mons*** (pensez à *montaigne*) : ....

7. LIRE ET COMPRENDRE. Relisez à présent, avec leur traduction, tous les mots du texte étudiés au cours de cet exercice : ils sont reproduits en gras. Saurez-vous lire à haute voix et traduire les vers 1 à 4 ?

8. RENDEZ-VOUS À LA BONNE PAGE. Ces quatre vers sont le début d'un des épisodes reproduits dans ce recueil : l'avez-vous reconnu ? Aidez-vous de l'enluminure[1] : un indice important se cache dans l'arbre !

À vous de conter

1. Imaginez la suite de l'épisode « La mort de Renart » (voir p. 135). Quelle est la réaction de Noble et de la cour ? Qu'advient-il de Renart et de Chantecler ?

2. Vous mettrez en scène cet épisode avec toute l'imagination dont les jongleurs étaient capables. Songez notamment à quelques éléments de décor, aux costumes, au bruitage et à un accompagnement musical.

1. ***Enluminure*** : voir note 1, p. 18.

Les figures du rusé en littérature

(groupement de textes nº 1)

En littérature, le personnage du rusé a inspiré de nombreux auteurs à travers les âges et les genres – de l'épopée au conte et du fabliau au théâtre. Écrivains et dramaturges se sont amusés à créer des protagonistes [1] qui, grâce à leur habileté, parviennent à se sortir des situations les plus difficiles... pour le plus grand plaisir du lecteur. Dans les extraits qui suivent, l'issue des intrigues, qui mettent en scène des affrontements *a priori* inégaux, semble jouée d'avance ; mais les plus faibles (en position d'infériorité du fait de leur condition physique, de leur âge ou de leur statut) ne partent jamais défaits et mettent en place de fins stratagèmes. Les malices et subterfuges d'Ulysse, des voleurs du fabliau *Estula*, du vaillant petit tailleur, du Petit Poucet, ou encore du valet Scapin sont autant de manières de résister au plus fort... et de sortir vainqueur du combat !

Ulysse et le Cyclope [2]

Dans l'*Odyssée* d'Homère (VIIIe siècle av. J.-C.), Ulysse narre le récit de ses aventures depuis qu'il a quitté Troie. Au cours de son périple, il aborde une île avec douze de ses compagnons. Alors qu'ils explorent les lieux, munis d'une outre [3] remplie de vin, ils trouvent refuge pour la nuit dans une caverne. Or celle-ci est habitée par le terrible Cyclope Polyphème. Sur ces entrefaites, le géant revient avec son troupeau de moutons, referme la grotte à l'aide d'une grosse

---

1. ***Protagonistes*** : personnages importants.
2. ***Cyclope*** : géant monstrueux qui n'avait qu'un œil.
3. ***Outre*** : gourde en peau de bouc.

pierre puis, soudain, aperçoit Ulysse et ses hommes. Après un rapide échange de paroles, le Cyclope dévore plusieurs d'entre eux et s'endort. Voici la ruse imaginée par le héros pour se venger et fuir avec ses amis.

Voici le dessein qui me parut en moi-même le meilleur. Le Cyclope avait laissé contre un parc sa grande massue : c'était un bois d'olivier encore vert, qu'il avait cassé pour le porter une fois sec. Nous, en la voyant, nous l'avions comparée au mât d'un noir vaisseau de transport, à vingt bancs de rames, qui franchit l'immensité des mers, tant elle était longue, tant elle était grosse à voir. Je m'approche, j'en coupe la longueur d'une brasse [1], je la passe à mes compagnons et leur ordonne d'en ôter l'écorce. Ils la polirent, et moi, je la taillai au bout, et tout aussitôt je la durcis au feu flambant. Puis je la déposai avec soin en la cachant sous le fumier, répandu dans l'antre en une large et épaisse couche. Ensuite, je pressai mes compagnons de tirer au sort lesquels devraient se risquer avec moi à lever le pieu [2] et le tourner dans son œil, quand l'aurait gagné le doux sommeil. [...]

Alors, moi, m'approchant, je m'adressai au Cyclope, tenant en main une jatte de vin noir : « Cyclope, tiens, bois ce vin, après la chair humaine que tu as mangée, pour savoir quelle bonne boisson cachait là notre vaisseau. Je t'apportais cette libation [3] dans l'espoir que tu me prendrais en pitié et me laisserais partir pour mon logis. Mais ta démence n'est même plus supportable. Cruel ! Comment aucun autre des hommes, si nombreux qu'ils soient, t'approcherait-il jamais quand tu agis au mépris de toute loi ? »

Ainsi parlai-je ; il prit la jatte et la vida. [...] Puis, quand le vin eut enveloppé les esprits du Cyclope, alors je lui adressai ces paroles

1. ***Brasse*** : ancienne mesure de longueur qui correspond à environ 1,60 mètre, soit la longueur de deux bras étendus.
2. ***Pieu*** : il s'agit du morceau de massue taillé et préparé par Ulysse et ses compagnons.
3. ***Libation*** : dans l'Antiquité, il s'agit de l'offrande faite à une divinité ; on verse en son honneur un liquide (vin, huile) sur le sol ou sur un autel.

mielleuses[1] : « Cyclope, tu me demandes quel est mon nom fameux ; je vais te le dire. Toi, fais-moi un présent d'hospitalité[2] comme tu me l'as promis. Personne, voilà mon nom. C'est Personne que m'appellent ma mère, mon père, et tous mes compagnons. » Ainsi je dis ; il me repartit[3] aussitôt d'un cœur impitoyable : « Personne, je te mangerai le dernier de tes compagnons ; oui, tous les autres avant toi : ce sera mon présent d'hospitalité. »

Ce disant, il se renversa [...] le sommeil le prenait, irrésistible dompteur. [...] Alors moi, je poussai le pieu sous la cendre épaisse, jusqu'à ce qu'il fût chaud. J'encourageai de mes paroles tous mes compagnons [...]. Ayant saisi l'épieu d'olivier, ils en appuyèrent la pointe sur le globe de l'œil[4] ; moi, pesant dessus de tout mon poids, je le faisais tourner sur lui-même [...] ; nous le faisions virevolter dans l'œil, et le sang jaillissait autour de la pointe brûlante, et partout sur les paupières et les sourcils la prunelle grillée sifflait [...].

Terrible fut le grand gémissement qu'il poussa ; la roche le répercuta tout alentour. Et nous, épouvantés, nous nous enfuîmes. Il retira de son œil l'épieu souillé[5] de sang. En délire, il le rejette loin de lui. Puis il appelle à grands cris les Cyclopes, qui habitent les cavernes environnantes [...]. Ceux-ci, entendant son cri, accouraient de tous côtés, et, réunis autour de l'antre, ils demandaient la cause de sa peine. « Quelle douleur t'accable, Polyphème [...] ? Est-ce qu'un mortel entraîne malgré toi tes troupeaux, ou cherche-t-on à te tuer par ruse ou violence ? » Et du fond de l'antre, le fort Polyphème leur répondit : « Qui me tue, amis ? Personne, par ruse ; nulle violence. »

1. ***Mielleuses*** : hypocrites, mensongères (en effet, Ulysse ment sur son identité afin que sa stratégie fonctionne).
2. ***Un présent d'hospitalité*** : Ulysse et ses compagnons sont chez Polyphème. Selon la tradition grecque antique, ce dernier devrait donc faire acte auprès d'eux d'hospitalité, les accueillir de manière bienveillante, avec générosité même.
3. ***Repartit*** : répondit.
4. ***L'œil*** : l'œil du Cyclope.
5. ***Souillé*** : sali.

Ils lui adressèrent en réponse ces paroles ailées [1] : « Si Personne ne te fait violence et si tu es seul, c'est sans doute une maladie que t'envoie le grand Zeus et que tu ne peux éviter ; invoque donc notre père, le puissant Poséidon ! »

Ainsi parlèrent-ils en s'en allant ; moi, je me mis à rire en mon cœur, en pensant comme mon nom et mon habile tour les avaient abusés [2].

Homère, *Odyssée*, trad. Médéric Dufour et Jeanne Raison, GF-Flammarion, 2009, chant IX, p. 135-137.

Estula et les voleurs

Les fabliaux du Moyen Âge sont de courts récits en vers qui racontent des aventures, souvent comiques, à visée [3] exemplaire [4]. Comme *Le Roman de Renart,* dont ils sont contemporains, ils cherchent avant tout à distraire le lecteur. L'argent et le plaisir deviennent alors les moteurs d'une histoire où trompeurs et trompés s'adonnent à des jeux de mensonges et de masques savamment orchestrés. Parfois cruels, les fabliaux révèlent également au lecteur contemporain les dures conditions de la vie au Moyen Âge : ainsi, dans « Estula », c'est la faim, fléau d'une époque marquée par des famines successives, qui pousse les personnages à agir.

Estula

Il y avait jadis deux frères, sans père ni mère pour les conseiller et sans autre compagnie. Pauvreté était leur amie, et elle fut souvent leur compagne. C'est la chose qui tourmente le plus ceux avec qui elle habite : il n'est pas pire maladie. Les deux frères dont je vous

1. ***Paroles ailées*** : formule consacrée chez Homère pour évoquer les mots qui s'envolent hors de la bouche.
2. ***Abusés*** : trompés.
3. ***Visée*** : effet que l'auteur cherche à produire sur son lecteur (instruire, faire rire, faire peur…).
4. ***Exemplaire*** : qui peut servir d'exemple ou de leçon.

parle vivaient ensemble. Une nuit, ils n'en pouvaient plus de soif, de faim et de froid : chacun de ces maux accable souvent ceux que Pauvreté tient en son pouvoir. Ils se mettent à se demander comment ils pourraient se défendre contre Pauvreté qui les tourmente et souvent les accule à la famine.

Un homme qu'on disait fort riche habitait tout près de chez eux ; ils sont pauvres, le riche est sot. Dans son jardin il y avait des choux et dans son étable des brebis. Tous deux se dirigent de ce côté : Pauvreté fait perdre son bon sens à plus d'un homme. L'un attache un sac à son cou, l'autre prend un couteau à la main et tous deux se mettent en route. Suivant un sentier, ils sautent d'un bond dans l'enclos ; l'un s'accroupit et coupe des choux sans se gêner ; l'autre se dirige vers le bercail [1] pour en ouvrir la porte et en vient à bout ; il lui semble que son affaire va bien et à tâtons il cherche le mouton le plus gras.

Mais on était encore debout dans la maison : on entend la porte du bercail quand elle s'ouvre. Le paysan appelle son fils :

« Va voir au bercail, dit-il, et fais revenir le chien à la maison. »

Le chien s'appelait Estula. Le garçon y va et crie :

« Estula ! Estula !

– Oui, certainement, je suis ici »

Il faisait très obscur, tout noir, si bien que le garçon ne peut apercevoir celui qui lui a répondu, mais croit vraiment que le chien a parlé. Sans plus attendre, il revient tout droit à la maison, transi de peur.

« Qu'as-tu, cher fils ? lui dit son père.

– Sire, par la foi que je dois à ma mère, Estula vient de me parler.

– Qui, notre chien ?

– Oui, ma parole, et si vous ne voulez pas me croire, appelez-le et vous l'entendrez répondre. »

Le vieil homme sort aussitôt pour assister à cette merveille, il entre dans la cour et appelle Estula, son chien.

« Mais oui, je suis là », répond le voleur qui ne se doute de rien.

1. ***Le bercail*** : la bergerie.

Le vieil homme est stupéfait.

« Par tous les saints et par toutes les saintes, mon fils, j'ai entendu bien des choses étonnantes, mais jamais la pareille ! Va vite, raconte ce miracle au curé, ramène-le avec son étole [1] et de l'eau bénite [2]. »

Le garçon se hâte au plus vite et arrive au presbytère [3]. Il ne traîne guère à l'entrée et aborde immédiatement le prêtre.

« Sire, dit-il, venez à la maison ouïr [4] de grandes merveilles ; jamais vous n'en avez entendu de pareilles. Prenez l'étole à votre cou.

– Tu es complètement fou, dit le curé, de vouloir me faire sortir à cette heure ; je suis pieds nus, je ne peux pas y aller.

– Si, vous viendrez, lui répond l'autre, je vous porterai. »

Le curé prend son étole et sans plus de paroles monte sur les épaules du jeune homme qui reprend son chemin, et pour arriver plus vite, prend le sentier que les deux frères avaient emprunté à la recherche de victuailles [5]. Le premier qui est en train de cueillir les choux aperçoit le surplis [6] blanc du curé et croit que son compagnon lui apporte quelque butin.

« Apportes-tu quelque chose ? lui demande-t-il plein de joie.

– Oui, ce qu'il me fallait, fait le garçon, croyant que c'est son père qui lui a adressé la parole.

– Vite, dit l'autre, jette-le vite à terre, mon couteau est bien aiguisé, je l'ai fait hier affûter à la forge ; je m'en vais lui couper la gorge. »

Quand le curé l'entend, il croit qu'on l'a attiré dans un guet-apens. Il saute à terre des épaules de celui qui n'est pas moins éberlué que lui et qui décampe de son côté. Le curé tombe au beau milieu du sentier, mais son surplis s'accroche à un pieu et y reste, car il

---

1. ***Étole*** : voir note 3, p. 86.
2. ***Eau bénite*** : eau que le prêtre bénit pour en asperger les fidèles, afin de les purifier et d'exorciser le mal. Ici, le bourgeois croit à une intervention du diable et veut exorciser son chien.
3. ***Presbytère*** : lieu où habite le curé.
4. ***Ouïr*** : entendre.
5. ***Victuailles*** : provisions, denrées.
6. ***Surplis*** : vêtement liturgique blanc.

n'ose pas s'arrêter pour l'en décrocher. Le frère qui cueillait les choux n'est pas moins ébahi que ceux qu'il a fait fuir : il ignore ce qui se passe. Toutefois il va prendre la chose blanche qu'il voit pendre au pieu et s'aperçoit que c'est un surplis. À ce moment son frère sort de la bergerie avec un mouton et appelle son compagnon qui a son sac plein de choux ; tous deux ont les épaules bien chargées. Sans demander leur reste, ils se mettent en chemin vers leur maison qui est toute proche. Le voleur au surplis montre alors son butin ! Ils plaisantent et rient, de bon cœur, et le rire qu'ils ont depuis longtemps perdu leur est alors rendu.

Dieu travaille en peu de temps : tel rit le matin qui pleure le soir, et tel est renfrogné le soir qui au matin retrouve la joie.

Fabliaux du Moyen Âge, trad. Alexandre Micha, Flammarion, coll. « Étonnants Classiques », 2016.

Scapin, un valet rusé

Dans sa comédie *Les Fourberies de Scapin*, jouée pour la première fois en 1671, Molière met en scène un personnage type du théâtre : le valet rusé. Astucieux et imaginatif, Scapin invente mille et un tours pour aider son maître Léandre et l'ami de celui-ci, Octave. Dans cette scène, le bourgeois Argante, de retour de voyage, vient d'apprendre que son fils Octave a épousé Hyacinthe. Ce mariage contrarie les projets du père, qui lui destinait une autre jeune femme. Scapin se moque ici d'Argante, en lui faisant croire qu'il pourra briser ce mariage, moyennant finances bien sûr...

Acte II
Scène 5

[...]

ARGANTE. – Voilà qui est bien, mais ce mariage impertinent qui trouble celui que nous voulons faire est une chose que je ne puis souffrir [1], et je viens de consulter des avocats pour le faire casser.

SCAPIN. – Ma foi ! Monsieur, si vous m'en croyez, vous tâcherez, par quelque autre voie, d'accommoder l'affaire. Vous savez ce que c'est que les procès en ce pays-ci, et vous allez vous enfoncer dans d'étranges épines [2].

ARGANTE. – Tu as raison, je le vois bien. Mais quelle autre voie ?

SCAPIN. – Je pense que j'en ai trouvé une. La compassion que m'a donnée tantôt votre chagrin m'a obligé à chercher dans ma tête quelque moyen pour vous tirer d'inquiétude car je ne saurais voir d'honnêtes pères chagrinés par leurs enfants que cela ne m'émeuve ; et, de tout temps, je me suis senti pour votre personne une inclination [3] particulière.

ARGANTE. – Je te suis obligé [4].

SCAPIN. – J'ai donc été trouver le frère de cette fille qui a été épousée [5]. C'est un de ces braves de profession, de ces gens qui sont tous coups d'épée, qui ne parlent que d'échiner [6], et ne font non plus de conscience de [7] tuer un homme que d'avaler un verre de vin. Je l'ai mis sur ce mariage [8], lui ai fait voir quelle facilité offrait la raison de la violence [9] pour le faire casser, vos prérogatives du

1. ***Souffrir*** : ici, supporter.
2. ***D'étranges épines*** : des difficultés extraordinaires.
3. ***Inclination*** : affection, tendresse.
4. ***Je te suis obligé*** : ici, je te suis reconnaissant.
5. ***Le frère de cette fille qui a été épousée*** : le frère de Hyacinthe.
6. ***Échiner*** : briser la colonne vertébrale, c'est-à-dire tuer.
7. ***Ne font non plus de conscience de*** : ne font pas plus de cas de, ne s'inquiètent pas plus de.
8. ***Je l'ai mis sur ce mariage*** : je lui ai parlé du mariage.
9. ***La raison de la violence*** : l'argument de la violence.

nom de père[1], et l'appui que vous donneraient auprès de la justice et votre droit, et votre argent, et vos amis. Enfin je l'ai tant tourné de tous les côtés, qu'il a prêté l'oreille aux propositions que je lui ai faites d'ajuster l'affaire pour quelque somme[2] ; et il donnera son consentement à rompre le mariage, pourvu que vous lui donniez de l'argent.

ARGANTE. – Et qu'a-t-il demandé ?

SCAPIN. – Oh d'abord, des choses par-dessus les maisons[3].

ARGANTE. – Et quoi ?

SCAPIN. – Des choses extravagantes.

ARGANTE. – Mais encore ?

SCAPIN. – Il ne parlait pas moins que de cinq ou six cents pistoles[4].

ARGANTE. – Cinq ou six cents fièvres quartaines qui le puissent serrer[5] ! Se moque-t-il des gens ?

SCAPIN. – C'est ce que je lui ai dit. J'ai rejeté bien loin de pareilles propositions, et je lui ai bien fait entendre que vous n'étiez point une dupe[6], pour vous demander des cinq ou six cents pistoles. Enfin, après plusieurs discours, voici où s'est réduit le résultat de notre conférence. « Nous voilà au temps, m'a-t-il dit, que je dois partir pour l'armée. Je suis après à m'équiper[7], et le besoin que j'ai de quelque argent me fait consentir malgré moi à ce qu'on me propose. Il me faut un cheval de service[8], et je n'en saurais avoir un qui soit tant soit peu raisonnable à moins de soixante pistoles. »

---

1. ***Vos prérogatives du nom de père*** : vos droits, en tant que père.

2. ***D'ajuster l'affaire pour quelque somme*** : de classer l'affaire contre de l'argent.

3. ***Par-dessus les maisons*** : excessives.

4. ***Pistoles*** : ancienne monnaie.

5. ***Cinq ou six cents fièvres quartaines qui le puissent serrer*** : façon de le maudire, qu'il attrape cinq ou six cents fois la fièvre !

6. ***Dupe*** : personne que l'on peut escroquer.

7. ***Je suis après à m'équiper*** : je suis en train de m'équiper.

8. ***Cheval de service*** : cheval pour faire la guerre.

ARGANTE. – Hé bien ! pour soixante pistoles, je les donne.

SCAPIN. – « Il faudra le harnais et les pistolets ; et cela ira bien à vingt pistoles encore. »

ARGANTE. – Vingt pistoles, et soixante, ce serait quatre-vingts.

SCAPIN. – Justement.

ARGANTE. – C'est beaucoup ; mais soit, je consens à cela.

SCAPIN.– « Il me faut aussi un cheval pour monter mon valet [1], qui coûtera bien trente pistoles. »

ARGANTE. – Comment, diantre [2] ! Qu'il se promène ! il n'aura rien du tout.

SCAPIN. – Monsieur.

ARGANTE. – Non, c'est un impertinent.

SCAPIN. – Voulez-vous que son valet aille à pied ?

ARGANTE. – Qu'il aille comme il lui plaira, et le maître aussi.

SCAPIN. – Mon Dieu ! Monsieur, ne vous arrêtez point à peu de chose. N'allez point plaider [3], je vous prie, et donnez tout pour vous sauver des mains de la justice.

ARGANTE. – Hé bien ! soit, je me résous à donner encore ces trente pistoles.

SCAPIN. – « Il me faut encore, a-t-il dit, un mulet pour porter... »

ARGANTE. – Oh ! qu'il aille au diable avec son mulet ! c'en est trop, et nous irons devant les juges.

SCAPIN. – De grâce, Monsieur...

ARGANTE. – Non, je n'en ferai rien.

SCAPIN. – Monsieur, un petit mulet.

ARGANTE. – Je ne lui donnerais pas seulement un âne.

SCAPIN. – Considérez...

ARGANTE. – Non ! j'aime mieux plaider.

SCAPIN. – Eh ! Monsieur, de quoi parlez-vous là, et à quoi vous résolvez-vous ? Jetez les yeux sur les détours [4] de la justice ; voyez

---

1. *Pour monter mon valet* : pour servir de monture à mon valet.

2. *Diantre !* : diable ! (juron).

3. *Plaider* : défendre votre cause devant un tribunal.

4. *Détours* : difficultés, complications.

combien d'appels et de degrés de juridiction [1], combien de procédures [2] embarrassantes, combien d'animaux ravissants [3] par les griffes desquels il vous faudra passer, sergents, procureurs, avocats, greffiers, substituts, rapporteurs, juges [4], et leurs clercs. Il n'y a pas un de tous ces gens-là qui, pour la moindre chose, ne soit capable de donner un soufflet [5] au meilleur droit du monde. [...] Eh ! Monsieur, si vous le pouvez, sauvez-vous de cet enfer-là. C'est être damné [6] dès ce monde que d'avoir à plaider ; et la seule pensée d'un procès serait capable de me faire fuir jusqu'aux Indes.

ARGANTE. – À combien est-ce qu'il fait monter le mulet ?

SCAPIN. – Monsieur, pour le mulet, pour son cheval, et celui de son homme, pour le harnais et les pistolets, et pour payer quelque petite chose qu'il doit à son hôtesse, il demande en tout deux cents pistoles.

Molière, *Les Fourberies de Scapin*, Flammarion, coll. « Étonnants Classiques », 2016, II, 5, p. 70-74.

Le hardi petit tailleur et le géant

« Sept d'un coup ou le hardi petit tailleur » est tiré des *Contes de l'enfance et du foyer,* recueil de contes populaires allemands, collectés par les frères Jacob et Wilhelm Grimm et publiés entre 1812 et 1857. Au début du récit, un petit tailleur s'apprête à manger une

1. ***Combien d'appels et de degrés de juridiction*** : combien d'étapes différentes.
2. ***Procédures*** : démarches administratives.
3. ***Animaux ravissants*** : ici, les gens de justice, comparés à des animaux ravissant leur proie.
4. ***Sergents, procureurs, avocats, greffiers, substituts, rapporteurs, juges*** : il s'agit des différents corps de métiers à l'œuvre dans un procès.
5. ***Donner un soufflet*** : donner une gifle.
6. ***Être damné*** : être condamné à l'enfer.

tartine de confiture, lorsqu'il est attaqué par un essaim de mouches attirées par l'odeur. Excédé, il en tue sept à l'aide d'un morceau d'étoffe[1]. Fier de cet exploit, il grave sur sa ceinture l'expression « sept d'un coup » et part plein d'entrain affronter le monde.

Sept d'un coup ou le hardi petit tailleur

Sa marche le conduisit sur une haute montagne dont il gravit les pentes, et quand il arriva tout en haut, sur le plus haut sommet, il se trouva devant un énorme géant qui était là, assis, et qui contemplait placidement[2] le paysage.

« Salut, camarade ! lui lança le petit tailleur. Alors, on contemple le vaste monde ? Moi, je viens tout juste de me mettre en route pour aller à l'aventure. Cela te dirait-il de m'accompagner ? »

Le géant le considéra dédaigneusement et dit :

« Minable avorton ! Pauvre guenille !

– Vraiment ? fit le petit tailleur en ouvrant sa veste pour laisser voir sa ceinture au géant : là, tu peux lire quelle sorte d'homme je suis ! »

« SEPT D'UN COUP », lut le géant ; et, croyant qu'il s'agissait d'hommes que le tailleur avait tués, il accorda au petit homme un petit peu plus de considération. Un tout petit peu plus seulement, car il voulait d'abord le voir à l'épreuve ; il ramassa donc une pierre et la serra si fort dans sa main qu'il en fit sortir de l'eau.

« Fais-en autant, si tu as la force ! lui dit-il.

– C'est tout ? fit le petit tailleur. Mais c'est un jeu d'enfant pour nous autres ! »

Et il prit dans sa poche le vieux bout de fromage mou qu'il avait, et le pressa si bien qu'il le fit suinter.

« Et voilà ! dit-il. C'était tout de même un peu mieux, non ? »

Le géant ne savait plus que dire et ne savait plus non plus que penser de ce petit homme ; il n'en croyait pas ses propres yeux. Alors

1. ***Étoffe*** : tissu.
2. ***Placidement*** : avec calme et sérénité.

il prit une autre pierre et la lança si haut qu'on ne la voyait plus d'en bas.

« Fais-en autant, mon petit bonhomme ! dit-il.

– Bien lancé ! commenta le petit tailleur, mais la pierre est quand même retombée, tandis que moi, celle que je vais lancer, elle ne retombera plus du tout. »

Il empoigna l'oiseau qu'il avait en poche et le lança en l'air. Tout heureux de sa liberté, l'oiseau fila à tire-d'aile et ne reparut plus.

« Qu'est-ce que tu penses de ce coup-là, camarade ? demanda le petit tailleur.

– Tu t'y connais au lancer, je ne dis pas, reconnut le géant ; mais à présent, il s'agit de voir si tu es capable de porter réellement quelque chose. » Et il emmena le petit tailleur jusqu'à un énorme chêne qui était couché sur le sol.

« Si tu as la force, dit le géant, aide-moi à sortir cet arbre de la forêt.

– Volontiers, répondit le petit homme, tu n'as qu'à te charger du tronc, c'est le plus facile ; et moi je porterai les branches avec le feuillage, parce que c'est le plus lourd. »

Le géant chargea le gros tronc sur ses épaules, tandis que le tailleur s'asseyait tranquillement sur une branche de l'arbre : le géant, qui ne pouvait pas se retourner sous sa charge, porta et traîna l'arbre tout seul, sans le savoir, et le petit tailleur par-dessus le marché, qui se trouvait fort bien où il était et qui sifflait joyeusement l'air des *Trois tailleurs qui s'en allaient gaiement…*, pour bien montrer à l'autre que porter une telle charge n'était qu'un jeu pour lui ! Épuisé au bout d'un moment par cette charge énorme, le géant voulu souffler un peu et annonça :

« Attention ! je vais laisser tomber.

Vivement, le tailleur sauta à bas de sa branche et s'écarta, les bras levés, comme s'il venait de lâcher sa charge.

– Alors quoi, dit-il au géant, un grand gaillard comme toi, tu n'es même pas capable de porter un arbre un bon coup ? »

Ils laissèrent l'arbre où il était et continuèrent ensemble à marcher. Ils arrivèrent bientôt devant un cerisier, et le géant, voyant que les plus belles cerises se trouvaient sur les plus hautes branches, empoigna le cerisier par le haut et le courba jusqu'au niveau du petit homme pour le lui donner à tenir, et pour qu'il pût manger de ces cerises tout à son aise. Mais quand le géant le lâcha, le petit tailleur, qui était évidemment trop faible pour maintenir l'arbre ployé, fut jeté en l'air et voltigea dès l'instant que l'arbre se redressa. Agile et léger comme il l'était, il réussit néanmoins à retomber sans mal un peu plus loin.

« Comment ! s'étonna le géant, une mince gaule comme celle-là, tu n'es pas assez fort pour l'empêcher de se détendre ?

– Oh ! ce n'est pas la force qui me manque, figure-toi ! répondit prestement [1] le petit tailleur. Qu'est-ce que c'est pour quelqu'un qui en abat sept d'un coup ? Mais j'avais aperçu des chasseurs qui tiraient dans le taillis, là-bas dessous, et j'ai sauté par-dessus l'arbre pour aller voir. Voyons un peu si tu serais capable d'en faire autant ? »

Le géant essaya bien de sauter par-dessus le cerisier, mais il ne réussit pas à le franchir et resta accroché dans ses branches. Cette fois encore, le petit tailleur avait été le plus fort.

Jacob et Wilhelm Grimm, « Sept d'un coup ou le hardi petit tailleur », *Les Contes*, trad. d'Armel Guerne, GF-Flammarion, 1967, p. 128-131.

Les cailloux du Petit Poucet

Grand classique de la littérature jeunesse, l'histoire du Petit Poucet, publiée par Charles Perrault en 1697 dans les *Histoires et Contes du temps passé*, raconte les aventures d'un jeune garçon téméraire, abandonné avec ses frères dans une forêt. Grâce à la finesse de son esprit, il sauve ces derniers à plusieurs reprises.

1. ***Prestement*** : voir note 2, p. 44.

Le Petit Poucet

Un soir que ces enfants étaient couchés, et que le Bûcheron était auprès du feu avec sa femme, il lui dit, le cœur serré de douleur : « Tu vois bien que nous ne pouvons plus nourrir nos enfants ; je ne saurais les voir mourir de faim devant mes yeux, et je suis résolu de les mener perdre demain au bois, ce qui sera bien aisé, car tandis qu'ils s'amuseront à fagoter [1], nous n'avons qu'à nous enfuir sans qu'ils nous voient. – Ah ! s'écria la Bûcheronne, pourrais-tu bien toi-même mener perdre tes enfants ? » Son mari avait beau lui représenter leur grande pauvreté, elle ne pouvait y consentir, elle était pauvre, mais elle était leur mère. Cependant ayant considéré quelle douleur ce leur serait de les voir mourir de faim, elle y consentit, et alla se recoucher en pleurant. Le Petit Poucet ouït [2] tout ce qu'ils dirent, car ayant entendu de dedans son lit qu'ils parlaient d'affaires, il s'était levé doucement, et s'était glissé sous l'escabelle [3] de son père pour les écouter sans être vu. Il alla se recoucher et ne dormit point le reste de la nuit, songeant à ce qu'il avait à faire. Il se leva de bon matin, et alla au bord d'un ruisseau où il emplit ses poches de petits cailloux blancs, et ensuite revint à la maison. On partit, et le Petit Poucet ne découvrit [4] rien de tout ce qu'il savait à ses frères. Ils allèrent dans une forêt fort épaisse, où à dix pas de distance, on ne se voyait pas l'un l'autre. Le Bûcheron se mit à couper du bois et ses enfants à ramasser des broutilles pour faire des fagots. Le père et la mère, les voyant occupés à travailler, s'éloignèrent d'eux insensiblement, et puis s'enfuirent tout à coup par un petit sentier détourné [5]. Lorsque ces enfants se virent seuls, ils se mirent à crier et à pleurer de toute leur force. Le Petit Poucet les laissait crier, sachant bien par où il reviendrait à la maison ; car en marchant il avait laissé tomber

---

1. *Fagoter* : mettre en fagots, réunir en petites bottes du menu bois, des branchages.

2. *Ouït* : entendit.

3. *Escabelle* : escabeau.

4. *Ne découvrit* : ne révéla, n'apprit.

5. *Détourné* : qui n'est pas direct, qui fait des détours.

le long du chemin les petits cailloux blancs qu'il avait dans ses poches. Il leur dit donc : « Ne craignez point, mes frères ; mon Père et ma Mère nous ont laissés ici, mais je vous remènerai [1] bien au logis, suivez-moi seulement. » Ils le suivirent, et il les mena jusqu'à leur maison par le même chemin qu'ils étaient venus dans la forêt. Ils n'osèrent d'abord entrer, mais ils se mirent tous contre la porte pour écouter ce que disaient leur Père et leur Mère.

Dans le moment que le Bûcheron et la Bûcheronne arrivèrent chez eux, le Seigneur du Village leur envoya dix écus, qu'il leur devait il y avait longtemps, et dont ils n'espéraient plus rien. Cela leur redonna la vie, car les pauvres gens mouraient de faim. Le Bûcheron envoya sur l'heure sa femme à la Boucherie. Comme il y avait longtemps qu'elle n'avait mangé, elle acheta trois fois plus de viande qu'il n'en fallait pour le souper de deux personnes. Lorsqu'ils furent rassasiés, la Bûcheronne dit : « Hélas ! où sont maintenant nos pauvres enfants ? Ils feraient bonne chère [2] de ce qui nous reste là. Mais aussi, Guillaume, c'est toi qui les as voulu perdre ; j'avais bien dit que nous nous en repentirions. Que font-ils maintenant dans cette Forêt ? Hélas ! mon Dieu, les loups les ont peut-être déjà mangés ! Tu es bien inhumain d'avoir perdu ainsi tes enfants ! » Le Bûcheron s'impatienta à la fin. [...] La Bûcheronne était tout en pleurs : « Hélas ! où sont maintenant mes enfants, mes pauvres enfants ! » Elle le dit une fois si haut, que les enfants, qui étaient à la porte, l'ayant entendue, se mirent à crier tous ensemble : « Nous voilà, nous voilà. » Elle courut vite leur ouvrir la porte, et leur dit en les embrassant : « Que je suis aise de vous revoir [3], mes chers enfants ! Vous êtes bien las, et vous avez bien faim ; et toi Pierrot, comme te voilà crotté, viens que je te débarbouille. » [...]

Charles Perrault, « Le Petit Poucet », *Contes*, 1697, Flammarion, coll. « Étonnants Classiques », 2013, p. 98-101.

---

1. ***Remènerai*** : ramènerai.
2. ***Feraient bonne chère*** : feraient un bon repas.
3. ***Que je suis aise de vous revoir*** : comme je suis contente de vous revoir !

Questionnaire sur les textes

1. Attribuez à chaque texte le genre littéraire qui lui correspond (épopée ; fabliau ; conte ; comédie).

2. Classez ces extraits selon qu'ils appartiennent au registre merveilleux ou réaliste.

3. Résumez en quelques lignes la ruse utilisée par chacun des personnages.

4. Pourquoi doivent-ils tous mettre en œuvre un stratagème ? Quels sont les enjeux ?

5. Quel(s) point(s) commun(s) peut-on trouver entre ces différentes figures du rusé ?

6. À votre tour, imaginez un court récit racontant la ruse d'un personnage qui se sort d'une situation délicate. Vous pourrez vous inspirer de l'un des textes du groupement.

Quatre versions de la fable « Le Corbeau et le Renard »

(groupement de textes n° 2)

Miroir de nos défauts, mais aussi de nos qualités, le personnage du renard en littérature est associé à des qualificatifs attendus : malin et sauvage, astucieux et orgueilleux ; l'animal fascine. Rendu célèbre par les fables d'Ésope, de Phèdre ou de La Fontaine, il est le plus souvent lié à la ruse. Alors que dans *Le Roman de Renart* le goupil est avant tout un personnage sournois, il devient, au fil des siècles, plus ambivalent[1]. Cruel, il permet néanmoins de dénoncer les

1. ***Ambivalent*** : qui peut avoir deux sens, deux interprétations.

bassesses de l'âme humaine dans les fables et devient même une figure positive dans *Le Petit Prince* (1943) d'Antoine de Saint-Exupéry, quelques siècles plus tard. Les textes qui suivent présentent différentes versions de la fable du « Corbeau et le Renard », reflétant ainsi l'évolution d'une même histoire et de ses personnages à travers les époques.

« Le Corbeau et le Renard », par Ésope

Ésope est un fabuliste [1] grec qui aurait vécu à la fin du VIIe siècle et au début du VIe siècle av. J.-C. S'il n'est pas le premier à mettre en scène des animaux, il laisse à la postérité plus de cinq cents fables, toutes en prose, qui connurent un franc succès et furent l'objet de nombreuses adaptations. Avec lui se précise l'une des caractéristiques du genre : la leçon morale énoncée grâce à la fiction animalière.

Un corbeau, ayant volé un morceau de viande, s'était perché sur un arbre. Un renard l'aperçut, et, voulant se rendre maître de la viande, se posta devant lui et loua ses proportions élégantes et sa beauté, ajoutant que nul n'était mieux fait que lui pour être le roi des oiseaux, et qu'il le serait devenu sûrement, s'il avait de la voix. Le corbeau, voulant lui montrer que la voix non plus ne lui manquait pas, lâcha la viande et poussa de grands cris. Le renard se précipita et, saisissant le morceau, dit : « Ô corbeau, si tu avais aussi du jugement, il ne te manquerait rien pour devenir le roi des oiseaux. »

Cette fable est une leçon pour les sots.

Ésope, *Fables*, « Fable 204 », trad. Émile Chambry, Les Belles Lettres, 1927.

---

1. ***Fabuliste*** : auteur qui écrit des fables.

« Le Corbeau et le Renard[1] », par Marie de France

Si elle vécut sans doute en Angleterre, à la cour du roi Henri II Plantagenêt[2], Marie de France (seconde moitiée du XIIe siècle) fut la première femme poète à écrire des fables en français. Elle adapta en langue d'oïl, forme de la langue romane parlée dans le nord de la France, les fables d'Ésope. Dans cette version de la fable « Le Corbeau et le Renard », très proche de celle de La Fontaine qui lui est postérieure, le renard, par sa fourberie, fustige l'orgueil des hommes et des grands de ce monde.

À la fenêtre d'un cellier[3]
– Cela a bien pu arriver –
Un corbeau, qui passait par là,
Vit étalés des fromages :
Il en prit un et s'envola.
Un renard vint dans les parages,
Le rencontra, désirant fort
Avoir sa part de ce fromage.
Usant de ruse il fit l'effort
De le tromper : « Ah ! Seigneur Dieu !
Dit le renard, que ce corbeau
Possède un port[4] fort harmonieux !
Il n'y a rien de tel au monde !
Jamais je n'en vis de plus beau.
Si son chant est à son image,
[Il coûtera bien davantage
Que la plus fine pièce d'or]. »
Le corbeau entendit l'éloge

---

1. « Renard » est une traduction moderne. Dans le texte original, Marie de France emploie le terme *goupil*.
2. ***Plantagenêt*** : voir note 3, p. 12.
3. ***Cellier*** : pièce servant de garde-manger.
4. ***Port*** : allure, silhouette.

Par lequel dans ce monde-ci,
Rien ne serait égal à lui.
Aussi désira-t-il chanter :
Non, ce n'est point en chantant
Qu'il perdrait gloire pour autant.
Il ouvrit le bec et chanta :
Le fromage lui échappa
Et ne manqua pas de tomber.
Notre renard vint s'en saisir,
Oubliant le chant du corbeau,
Fromage étant son seul désir.

Pour les orgueilleux ce récit,
Eux qui ne recherchent que la gloire
Par mensonge et flatterie,
On les sert et on les cajole
Si bien que du fait des louanges
Leur prodigalité [1] est folle.

Marie de France, *Isopets*, trad. Philippe Renault,
Le Dit d'Ésope, avec l'aimable autorisation des éditions
Arbre d'Or [www.arbredor.com].

« Le Corbeau et le Renard », par Jean de La Fontaine

Dédiées au jeune Dauphin, le fils de Louis XIV alors âgé de sept ans, les fables de La Fontaine sont célébrées pour la richesse de leur langue et la portée universelle des morales qui concluent chaque histoire. « Le Corbeau et le Renard » est la deuxième fable du livre I des *Fables*, parues pour la première fois en 1668. Ici, le renard énonce lui-même

1. ***Prodigalité*** : générosité excessive, gâchis.

la morale de la fable, gagnant ainsi la bienveillance du lecteur : puisque le vol du fromage a permis de donner une bonne leçon au corbeau, son auteur est-il vraiment coupable ?

Maître Corbeau, sur un arbre perché,
Tenait en son bec un fromage.
Maître Renard, par l'odeur alléché,
Lui tint à peu près ce langage :
Hé bonjour, Monsieur du Corbeau,
Que vous êtes joli ! que vous me semblez beau !
Sans mentir, si votre ramage [1]
Se rapporte à votre plumage,
Vous êtes le Phénix [2] des hôtes de ces bois.
À ces mots le Corbeau ne se sent pas de joie ;
Et pour montrer sa belle voix,
Il ouvre un large bec, laisse tomber sa proie.
Le Renard s'en saisit, et dit : Mon bon Monsieur,
Apprenez que tout flatteur
Vit aux dépens de celui qui l'écoute.
Cette leçon vaut bien un fromage, sans doute.
Le Corbeau honteux et confus
Jura, mais un peu tard, qu'on ne l'y prendrait plus.

Jean de La Fontaine, *Fables*, Flammarion, coll. « Étonnants Classiques », 2013, I, 2, p. 56.

1. ***Ramage*** : chant.
2. ***Phénix*** : oiseau mythologique qui, après un siècle de vie, mourait consumé par le feu puis renaissait aussitôt de ses cendres.

« Le Corbeau et le Renard », par Gudule

Gudule, de son vrai nom Anne Liger-Belair (1945-2015), est une auteure belge qui écrivit aussi bien pour la jeunesse que pour les adultes. Elle a repris et pastiché de nombreuses fables de La Fontaine et compose ici la suite du « Corbeau et du Renard » en imaginant un rebondissement dans lequel le vain corbeau est réhabilité [1] et les anciens ennemis deviennent de surprenants alliés.

Le Corbeau, honteux et confus,
Jura, mais un peu tard, qu'on ne l'y prendrait plus !
Ayant un long moment médité l'aventure
Le Corbeau s'envola, avec l'espoir ténu
De dénicher dans la nature
Quelque chiche aliment à mettre à son menu.
Il scrutait la forêt, sous lui, lorsque soudain
Des coups de fusil retentissent.
Renard, surpris en plein festin,
Lâche son camembert et dans un trou se glisse.
« Oh oh ! dit Corbeau, l'occasion est trop belle ! »
Sur le fromage, il fond à tire-d'aile
Et dans les airs l'emporte sans tarder.
Juste à temps ! La main sur la gâchette
Cherchant à repérer de Goupil la cachette
Apparaît l'homme armé.
Mais du gibier qu'il traque il ne trouve point trace :
Bredouille, le chasseur abandonne la chasse.
Par son larcin, Corbeau, sans le savoir,
A sauvé la vie du fuyard.
Tout penaud, le Renard sort alors de son antre
Et devant le Corbeau qui se remplit le ventre
Constate en soupirant : « Je vais jeûner, ce soir ! »
Mais l'autre calmement descend de son perchoir

1. ***Est réhabilité*** : a regagné l'estime des autres.

Et posant sur le sol ce qui reste du mets
Invite son compère à se joindre au banquet.
« Tu es rusé, dit-il, et moi je fends l'espace,
Ensemble nous formons un duo efficace.
Plutôt que de chercher l'un l'autre à nous voler
    Pourquoi ne pas nous entraider ? »
    Honteux et confus, le Renard
De la proposition admit le bien-fondé,
    Jurant, mais un peu tard,
D'exercer désormais la solidarité.

Gudule, *Après vous, M. de La Fontaine...*,
© Le Livre de Poche Jeunesse, 1995, 2003.

Comprendre et comparer

1. Quel épisode du *Roman de Renart* est probablement inspiré de la fable d'Ésope ?

2. De la fable ou de l'épisode du *Roman de Renart*, quel récit est le plus riche en événements ?

3. Quelle partie de la fable est absente du *Roman de Renart* ?

4. Selon vous, la visée[1] des quatre textes est-elle la même ? Pourquoi ?

5. Imaginez à votre tour, à la manière de la contrefable de Gudule, une suite à la fable. Vous pouvez la présenter sous la forme de votre choix : un dialogue de théâtre, un poème (avec des rimes si vous le souhaitez !), un court récit narratif... Soyez créatifs !

1. *Visée* : voir note 3, p. 144.

Renart sur le Web!

Sur les traces de Renart…

Dans un moteur de recherche, tapez « BNF Roman de Renart », puis cliquez sur le premier lien : **classes.bnf.fr/renart**.
En bas de la page d'accueil, dans la section « en images », cliquez sur l'onglet « le roman de Renart ».
Rendez-vous ensuite sur la page « Genèse du texte », en cliquant sur l'onglet du haut, puis répondez aux questions suivantes, en faisant défiler les neuf pages de présentation.

1. En quelle langue les premiers récits animaliers furent-ils écrits ?

2. Grâce à quel auteur ces fables animalières sont-elles encore connues aujourd'hui ?

3. Comment s'appelle le moine qui écrivit le premier récit sur Ysengrimus, dans lequel apparaît Reinardus ?

4. Combien d'auteurs ont par la suite remanié les aventures de Renart ?

5. Comment se nomme le premier d'entre eux ?

6. Que sont les « branches » du *Roman de Renart* ?

7. Combien en existe-t-il ?

8. Que racontent les plus anciennes branches du roman ?

9. Quelle est la particularité des branches plus récentes ?

10. Que fait Jacquemart Giélée à la fin du XIIIe siècle ?

11. Les récits sur Renart ont-ils rencontré le succès ?

La satire animale

Retournez sur la page d'accueil en cliquant sur le titre de l'œuvre, en haut à droite de votre page. Dans la section « Arrêt sur... », rendez-vous sur la page « la satire animale ».

1. Notez la définition de la fable.

2. Qui serait l'auteur des premières fables ?

3. Quels auteurs de fables sont étudiés par les écoliers au Moyen Âge en Occident ?

4. Qui est Marie de France ?

5. Que sont le *Roman de Fauvel* et *La Ferme des animaux* ?

6. Dans la partie gauche de votre écran, cliquez à présent sur l'onglet « Enluminures[1] ». Choisissez une enluminure dans la mosaïque, notez précisément la légende qui l'accompagne (titre, artiste, date...) et faites-en une description précise.

Histoire des arts

Observez les images reproduites dans le cahier photos puis répondez aux questions suivantes.

Des animaux pour critiquer les défauts des hommes

1. Pour chacune des images p. 1-2 du cahier photos, observez et décrivez le comportement des animaux : quels sont ceux qui

1. ***Enluminures*** : voir note 1, p. 18.

paraissent dominer les autres ? Vous décrirez et commenterez plus précisément l'attitude du lion dans la gravure de Grandville, et celle des chats dans l'extrait de *Maus* d'Art Spiegelman.

2. Quels traits de caractère humains pourrait-on attribuer à chacun de ces animaux ? Étudiez en particulier la manière dont ces animaux se conduisent et agissent, ainsi que les expressions de leur « visage ».

3. Selon vous, quel est l'intérêt de recourir à des personnages d'animaux pour dénoncer des travers[1] humains ?

La vie au Moyen Âge : les métiers de Renart

1. Observez à présent les images reproduites p. 3-4 du cahier photos. À quoi reconnaît-on qu'il s'agit d'illustrations médiévales ? Quelles caractéristiques communes pouvez-vous trouver à ces trois miniatures ?

2. En quoi la première miniature présente-t-elle, avec beaucoup de réalisme, le métier de teinturier ?

3. Décrivez et commentez tous les personnages présents dans l'image, et leur attitude.

4. Qui exerce la médecine dans les deux dernières miniatures ? Effectuez des recherches en ligne sur les différents « médicaments » utilisés au Moyen Âge et tentez de deviner le contenu de la fiole[2] représentée.

---

1. ***Travers*** : défauts.
2. ***Fiole*** : petit flacon de verre.

Un livre, un film

Fantastic Mr. Fox de Wes Anderson (États-Unis, 2009)

Fantastic Mr. Fox est à l'origine un livre pour enfants écrit par le Britannique Roald Dahl (1916-1990), célèbre dans le monde entier pour ses romans, dont plusieurs ont été adaptés au cinéma : *James et la Pêche géante* (1996), *Charlie et la Chocolaterie* (2005) ou, plus récemment, *Le Bon Gros Géant* (2016), pour n'en citer que quelques-uns.
Wes Anderson, le réalisateur de l'adaptation filmique de *Fantastic Mr. Fox*, est connu pour son univers personnel, qui mêle le familier à l'étrange. Si le film semble à première vue s'adresser à un jeune public (il s'agit d'un film d'animation), seuls les spectateurs adolescents et adultes pourront saisir toutes les répliques et reconnaître les références mobilisées.
Comme la première adaptation en long métrage du *Roman de Renart* (*Le Roman de Renard*, Ladislas et Irène Starewitch, sorti en 1941 en France), *Fantastic Mr. Fox* est tourné en *stop motion*. Ce procédé consiste à photographier, image par image, des figurines et des maquettes que l'on déplace entre chaque prise [1], de telle sorte qu'en projetant le film à 24 images par seconde, on obtient l'illusion d'un mouvement continu. Wes Anderson avait déjà utilisé cette technique dans *La Vie aquatique* (2004), qui pastichait le commandant Cousteau [2] et ses documentaires. Quant aux voix des personnages, elles sont assurées par des comédiens célèbres : aux États-Unis, George Clooney et Meryl Streep pour Mr. et Mrs. Fox ; en France, Mathieu Amalric et Isabelle Huppert.

---

1. ***Prise*** : enregistrement d'une portion du film.
2. ***Jacques-Yves Cousteau*** (1910-1997) : officier de marine, explorateur et cinéaste français qui inventa de nouveaux équipements, tel le scaphandre autonome.

L'histoire de *Fantastic Mr. Fox* a pour thème principal la lutte personnelle du héros contre son propre instinct. Mr. Fox a beau mener une vie de journaliste, époux et père de famille modèle, il ne parvient pas à réprimer ses penchants naturels qui lui commandent de redevenir le rusé voleur de poules qu'il fut dans sa jeunesse. Au début du film, il ne commet que de petits larcins [1], mais peu à peu le voici qui se comporte comme le héros du *Roman de Renart*, provoquant toutes sortes de catastrophes et de désagréments. Il devient quelqu'un que « les diables [...] ont tant corrompu qu'il est devenu impossible de [le] croire » (p. 66). À l'égal de son ancêtre du Moyen Âge, Mr. Fox ne sort pas toujours indemne, « sans coups ni morsures » (p. 83), de ses aventures. Et pourtant, son charme désinvolte et son imagination lui permettent de retourner toutes les situations en sa faveur.
Comment le réalisateur Wes Anderson réinterprète-t-il le personnage type du renard rusé ?

Analyse d'ensemble

1. Mr. Fox est-il à l'écoute des autres animaux ? Quelle est sa principale stratégie pour les convaincre de l'accompagner dans ses actions ?
2. Dans le roman comme dans le film il est question de rédemption, c'est-à-dire de la possibilité de racheter toutes les fautes que l'on a commises par un acte héroïque. « Je veux à présent m'engager dans la voie du repentir » (p. 90), assure Renart au roi, lui promettant de partir en croisade pour échapper à la potence. Mais il n'a absolument pas l'intention de tenir cet engagement. Quant à Mr. Fox, il ne semble pas plus convaincu par la possibilité de rédemption : que pensez-vous de ses paroles lorsque le Rat meurt en paix après s'être racheté ?

1. ***Larcins*** : vols de peu d'importance.

Analyse de séquence : l'ouverture du film (du début à 00.04.30)

1. Il est rare qu'un film montre de cette façon le livre dont il est tiré. Pourquoi est-ce étonnant ?

2. Mr. Fox écoute « La Ballade de Davy Crockett » sur son « Walk-sonic ». Il s'agit de la chanson du générique de la série télévisée *Davy Crockett*, lancée par les studios Disney en 1954 pour représenter les exploits fabuleux de ce personnage historique (1786-1836) très célèbre aux États-Unis. Le refrain dit « *Davy Crockett, king of the wild frontier* » – soit, littéralement : « Davy Crockett, le roi de la frontière qui sépare le monde sauvage (occupé par les Amérindiens) de la civilisation. » Que pensez-vous de ce choix de chanson ? Pourquoi Mr. Fox s'identifie-t-il à Davy Crockett ? Quel est, selon vous, le « monde sauvage » dans le film ?

3. Que pensez-vous de l'attitude de Mr. Fox lorsqu'il croque une pomme ? Quels traits de caractère son comportement suggère-t-il ?

4. Mr. Fox donne le choix entre deux itinéraires possibles à son épouse, et cela, à deux reprises (le raccourci ou la route panoramique ; le trou ou le garde-fou). Comment la conversation se termine-t-elle dans les deux cas ?

5. Que pensez-vous du fait que le massacre a lieu hors-cadre, c'est-à-dire sans que nous voyions les renards tuer les oiseaux ?

6. Selon vous, pourquoi la façon dont les renards se sortent du piège ne nous est-elle pas montrée ?

Notes et citations

Notes et citations

Notes et citations

Notes et citations

Notes et citations

Les classiques et les contemporains dans la même collection

ALAIN-FOURNIER
Le Grand Meaulnes

ANDERSEN
La Petite Fille et les allumettes et autres contes

ANOUILH
La Grotte

APULÉE
Amour et Psyché

ASIMOV
Le Club des Veufs noirs

AUCASSIN ET NICOLETTE

BALZAC
Le Bal de Sceaux
Le Chef-d'œuvre inconnu
Le Colonel Chabert
Ferragus
Le Père Goriot
La Vendetta

BARBEY D'AUREVILLY
Les Diaboliques – Le Rideau cramoisi, Le Bonheur dans le crime

BARRIE
Peter Pan

BAUDELAIRE
Les Fleurs du mal – *Nouvelle édition*

BAUM (L. FRANK)
Le Magicien d'Oz

BEAUMARCHAIS
Le Mariage de Figaro

BELLAY (DU)
Les Regrets

LA BELLE ET LA BÊTE ET AUTRES CONTES

BERBEROVA
L'Accompagnatrice

BERNARDIN DE SAINT-PIERRE
Paul et Virginie

LA BIBLE
Histoire d'Abraham
Histoire de Moïse

BOVE
Le Crime d'une nuit. Le Retour de l'enfant

BRADBURY
L'Homme brûlant et autres nouvelles

CARRIÈRE (JEAN-CLAUDE)
La Controverse de Valladolid

CARROLL
Alice au pays des merveilles

CERVANTÈS
Don Quichotte

CHAMISSO
L'Étrange Histoire de Peter Schlemihl

LA CHANSON DE ROLAND

CATHRINE (ARNAUD)
Les Yeux secs

CHATEAUBRIAND
Mémoires d'outre-tombe

CHEDID (ANDRÉE)
L'Enfant des manèges et autres nouvelles
Le Message
Le Sixième Jour

CHRÉTIEN DE TROYES
Lancelot ou le Chevalier de la charrette
Perceval ou le Conte du graal
Yvain ou le Chevalier au lion

CLAUDEL (PHILIPPE)
Les Confidents et autres nouvelles

COLETTE
Le Blé en herbe

COLIN (FABRICE)
Projet oXatan

COLLODI
Pinocchio

CORNEILLE
Le Cid – *Nouvelle édition*

DAUDET
Aventures prodigieuses de Tartarin de Tarascon
Lettres de mon moulin

DEFOE
Robinson Crusoé

DIDEROT
Entretien d'un père avec ses enfants

Jacques le Fataliste
Le Neveu de Rameau
Supplément au Voyage de Bougainville

DOYLE
Trois Aventures de Sherlock Holmes

DUMAS
Le Comte de Monte-Cristo
Pauline
Robin des Bois
Les Trois Mousquetaires, t. 1 et 2

FABLIAUX DU MOYEN ÂGE
LA FARCE DE MAÎTRE PATHELIN
LA FARCE DU CUVIER ET AUTRES FARCES DU MOYEN ÂGE

FENWICK (JEAN-NOËL)
Les Palmes de M. Schutz

FERNEY (ALICE)
Grâce et Dénuement

FEYDEAU
Un fil à la patte

FEYDEAU-LABICHE
Deux courtes pièces autour du mariage

FLAUBERT
La Légende de saint Julien l'Hospitalier
Un cœur simple

GARCIN (CHRISTIAN)
Vies volées

GAUTIER
Le Capitaine Fracasse
La Morte amoureuse. La Cafetière et autres nouvelles

GOGOL
Le Nez. Le Manteau

GRAFFIGNY (MME DE)
Lettres d'une péruvienne

GRIMM
Le Petit Chaperon rouge et autres contes

GRUMBERG (JEAN-CLAUDE)
L'Atelier
Zone libre

HIGGINS (COLIN)
Harold et Maude – *Adaptation de Jean-Claude Carrière*

HOBB (ROBIN)
Retour au pays

HOFFMANN
L'Enfant étranger
L'Homme au Sable
Le Violon de Crémone. Les Mines de Falun

HOLDER (ÉRIC)
Mademoiselle Chambon

HOMÈRE
Les Aventures extraordinaires d'Ulysse
L'Iliade
L'Odyssée

HUGO
Claude Gueux
L'Intervention *suivie de* La Grand'mère
Le Dernier Jour d'un condamné
Les Misérables – *Nouvelle édition*
Notre-Dame de Paris
Quatrevingt-treize
Le roi s'amuse
Ruy Blas

JAMES
Le Tour d'écrou

JARRY
Ubu Roi

JONQUET (THIERRY)
La Vigie

KAFKA
La Métamorphose

KAPUŚCIŃSKI
Autoportrait d'un reporter

KRESSMANN TAYLOR
Inconnu à cette adresse

LABICHE
Un chapeau de paille d'Italie

LA BRUYÈRE
Les Caractères

LEBLANC
L'Aiguille creuse

LONDON (JACK)
L'Appel de la forêt

MME DE LAFAYETTE
La Princesse de Clèves

LA FONTAINE
Le Corbeau et le Renard et autres fables – *Nouvelle édition des* Fables, *collège*
Fables, *lycée*

LANGELAAN (GEORGE)
La Mouche. Temps mort

LAROUI (FOUAD)
L'Oued et le Consul et autres nouvelles

LE FANU (SHERIDAN)
Carmilla

LEROUX
Le Mystère de la Chambre Jaune
Le Parfum de la dame en noir

LOTI
Le Roman d'un enfant

MARIVAUX
La Double Inconstance
L'Île des esclaves
Le Jeu de l'amour et du hasard

MATHESON (RICHARD)
Au bord du précipice et autres nouvelles
Enfer sur mesure et autres nouvelles

MAUPASSANT
Bel-Ami
Boule de suif
Le Horla et autres contes fantastiques
Le Papa de Simon et autres nouvelles
La Parure et autres scènes de la vie parisienne
Toine et autres contes normands
Une partie de campagne et autres nouvelles au bord de l'eau

MÉRIMÉE
Carmen
Mateo Falcone. Tamango
La Vénus d'Ille – *Nouvelle édition*

MIANO (LÉONORA)
Afropean Soul et autres nouvelles

LES MILLE ET UNE NUITS
Ali Baba et les quarante voleurs
Le Pêcheur et le Génie. Histoire de Ganem
Sindbad le marin

MOLIÈRE
L'Amour médecin. Le Sicilien ou l'Amour peintre
L'Avare – *Nouvelle édition*
Le Bourgeois gentilhomme – *Nouvelle édition*
Dom Juan
L'École des femmes
Les Femmes savantes
Les Fourberies de Scapin – *Nouvelle édition*
George Dandin
Le Malade imaginaire – *Nouvelle édition*
Le Médecin malgré lui
Le Médecin volant. La Jalousie du Barbouillé
Le Misanthrope
Les Précieuses ridicules
Le Tartuffe

MONTAIGNE
Essais

MONTESQUIEU
Lettres persanes

MUSSET
Il faut qu'une porte soit ouverte ou fermée. Un caprice
On ne badine pas avec l'amour

OVIDE
Les Métamorphoses

PASCAL
Pensées

PERRAULT
Contes – *Nouvelle édition*

PIRANDELLO
Donna Mimma et autres nouvelles
Six Personnages en quête d'auteur

POE
Le Chat noir et autres contes fantastiques
Double Assassinat dans la rue Morgue. La Lettre volée

POUCHKINE
La Dame de pique et autres nouvelles

PRÉVOST
Manon Lescaut

PROUST
Combray

RABELAIS
Gargantua
Pantagruel

RACINE
Phèdre
Andromaque

RADIGUET
Le Diable au corps

RÉCITS DE VOYAGE
Le Nouveau Monde (Jean de Léry)
Les Merveilles de l'Orient (Marco Polo)

RENARD
Poil de Carotte

RIMBAUD
Poésies

ROBERT DE BORON
Merlin

ROMAINS
L'Enfant de bonne volonté

LE ROMAN DE RENART – *Nouvelle édition*

ROSTAND
Cyrano de Bergerac

ROUSSEAU
Les Confessions

SALM (CONSTANCE DE)
Vingt-quatre heures d'une femme sensible

SAND
Les Ailes de courage
Le Géant Yéous

SAUMONT (ANNIE)
Aldo, mon ami et autres nouvelles
La guerre est déclarée et autres nouvelles

SCHNITZLER
Mademoiselle Else

SÉVIGNÉ (MME DE)
Lettres

SHAKESPEARE
Macbeth
Roméo et Juliette

SHELLEY (MARY)
Frankenstein

STENDHAL
L'Abbesse de Castro
Vanina Vanini. Le Coffre et le Revenant

STEVENSON
Le Cas étrange du Dr Jekyll et de M. Hyde
L'Île au trésor

STOKER
Dracula

SWIFT
Voyage à Lilliput

TCHÉKHOV
La Mouette
Une demande en mariage et autres pièces en un acte

TITE-LIVE
La Fondation de Rome

TOURGUÉNIEV
Premier Amour

TRISTAN ET ISEUT

TROYAT (HENRI)
Aliocha

VALLÈS
L'Enfant

VERLAINE
Fêtes galantes, Romances sans paroles *précédé de* Poèmes saturniens

VERNE
Le Tour du monde en 80 jours
Un hivernage dans les glaces

VILLIERS DE L'ISLE-ADAM
Véra et autres nouvelles fantastiques

VIRGILE
L'Énéide

VOLTAIRE
Candide – *Nouvelle édition*
L'Ingénu
Jeannot et Colin. Le monde comme il va
Micromégas
Zadig – *Nouvelle édition*

WESTLAKE (DONALD)
Le Couperet

WILDE
Le Fantôme de Canterville et autres nouvelles

ZOLA
Comment on meurt
Germinal
Jacques Damour
Thérèse Raquin

ZWEIG
Le Joueur d'échecs

Les anthologies dans la même collection

AU NOM DE LA LIBERTÉ
Poèmes de la Résistance

L'AUTOBIOGRAPHIE
BAROQUE ET CLASSICISME
LA BIOGRAPHIE
BROUILLONS D'ÉCRIVAINS
Du manuscrit à l'œuvre

« C'EST À CE PRIX QUE VOUS MANGEZ DU SUCRE... » Les discours sur l'esclavage d'Aristote à Césaire

CETTE PART DE RÊVE QUE CHACUN PORTE EN SOI
CEUX DE VERDUN
Les écrivains et la Grande Guerre

LES CHEVALIERS DU MOYEN ÂGE
CONTES DE SORCIÈRES

CONTES DE VAMPIRES

LE CRIME N'EST JAMAIS PARFAIT
Nouvelles policières 1

DE L'ÉDUCATION
Apprendre et transmettre de Rabelais à Pennac

LE DÉTOUR

FAIRE VOIR : QUOI, COMMENT, POUR QUOI ?

FÉES, OGRES ET LUTINS
Contes merveilleux 2

LA FÊTE
GÉNÉRATION(S)

LES GRANDES HEURES DE ROME
L'HUMANISME ET LA RENAISSANCE
IL ÉTAIT UNE FOIS
Contes merveilleux 1

LES LUMIÈRES
LES MÉTAMORPHOSES D'ULYSSE
Réécritures de L'*Odyssée*

MONSTRES ET CHIMÈRES
MYTHES ET DIEUX DE L'OLYMPE
NOIRE SÉRIE...
Nouvelles policières 2

NOUVELLES DE FANTASY 1

NOUVELLES FANTASTIQUES 1
Comment Wang-Fô fut sauvé et autres récits

NOUVELLES FANTASTIQUES 2
Je suis d'ailleurs et autres récits

ON N'EST PAS SÉRIEUX QUAND ON A QUINZE ANS Adolescence et littérature

PAROLES DE LA SHOAH
PAROLES, ÉCHANGES, CONVERSATIONS ET RÉVOLUTION NUMÉRIQUE
LA PEINE DE MORT
De Voltaire à Badinter

POÈMES DE LA RENAISSANCE
POÉSIE ET LYRISME
LE PORTRAIT
RACONTER, SÉDUIRE, CONVAINCRE
Lettres des XVIIe et XVIIIe siècles

RÉALISME ET NATURALISME
RÉCITS POUR AUJOURD'HUI
17 fables et apologues contemporains

RIRE : POUR QUOI FAIRE ?

RISQUE ET PROGRÈS
ROBINSONNADES
De Defoe à Tournier

LE ROMANTISME
SCÈNES DE LA VIE CONJUGALE
Le couple au théâtre, de Shakespeare à Yasmina Reza

LE SURRÉALISME
LA TÉLÉ NOUS REND FOUS !

LES TEXTES FONDATEURS
TROIS CONTES PHILOSOPHIQUES
Diderot, Saint-Lambert, Voltaire

TROIS NOUVELLES NATURALISTES
Huysmans, Maupassant, Zola

VIVRE AU TEMPS DES ROMAINS
VOYAGES EN BOHÈME
Baudelaire, Rimbaud, Verlaine

Mise en page par
Pixellence/Meta-systems
59100 Roubaix

Imprimé à Barcelone par:
BLACK PRINT

N° d'édition : L.01EHRN000507.A002
Dépôt légal : juin 2016